不是人

人間じゃない

綾辻行人

利絃——譯

中文版作者自序——

三十年後和那年秋天

自從我在一九八七年以《殺人十角館》出道以來，已經過了三十年。去年（二〇一七年）也是大家口中的「新本格三十週年」，面對這個重要的里程碑，我獲得了各種形式的祝賀，前一陣子上市的台灣版《殺人十角館》（紀念愛藏版）就是其中一種，而日本則是在更早之前出版了《不是人 綾辻行人未收錄作品集》這部作品。本書收錄了我三十年創作生涯中所刊登在雜誌上，卻沒有機會收錄到單書裡的短篇與中篇小說。其實，如果能夠出版一本全新的長篇小說自然是再好不過的，不過我一直沒有時間和心力達成這個目標，但我認為本書也非常適合作為三十週年的紀念之作。

本書收錄的五篇作品，有些是過去作品的後日談，有些是系列作品的外傳，（絕對不是一開始就打算這麼做的）以結果來看，這部作品集反而擁有了「出版紀念」的色彩。我很希望各位能夠在閱讀我撰寫的自作解說後，能夠更清楚本書收錄的作品和過去作品間的連結。

前面提到的《殺人十角館》（紀念愛藏版）中，收錄了許多日本作家所撰寫，名為〈我的「十角館」〉的短文。台灣版還加上了十位台灣、香港的小說家與評論家新寫的短文。成書之前，我透過翻譯拜讀了他們所寫的內容，感到開心的同時，也有一種不可思議的感受。

當我還是京都大學的推理小說研究會成員時，抱著「想寫自己想讀的推理小說」的單純動機，寫下了《殺人十角館》（的雛形）。我完全沒有預料到這部作品會成為日本推理小說界發生巨大變化的契機，更別說似乎還在鄰國台灣的推理小說界造成了不小的影響。這是在我出道之初，完全沒有想像過的事情——

或許是冠上我所敬愛的大前輩島田莊司先生大名的「島田莊司獎」的效果吧，這段時間以來華文推理小說的發展真是令人目不暇給。我讀了去年在日本翻譯出版，陳浩基先生的《１３．６７》，更是深刻感受到了這一點。我打從心底期待未來能夠出現愈來愈多出色的台灣、中國的推理小說。

最後，請讓我在此向各位道謝——

我曾經因為《殺人暗黑館》的出版，在二〇〇六年秋天造訪台灣。當時我看到台灣讀者熱烈歡迎我時的喜悅，在過了十二年的現在仍舊難以忘懷。

那年夏天，從我出道之初就是我的同志、好友的編輯宇山秀雄先生才剛去世，當時的我非常消沉，情緒陷入谷底。但是，在造訪台灣的期間，我和許多台灣讀者見面交談，在看到大家那麼熱情、開心的模樣，給予我莫大鼓勵，拯救了陷入谷底的我。

如今，雖然已經事過境遷，但我仍舊想在這裡向各位致上我最深的謝意。

綾辻行人

二〇一八年十月

目錄

紅斗篷

初次刊登——《小說昴》一九九三年十月號

這篇算是「館」系列第四作《殺人人形館》（一九八九年出版）的後續。以架場久茂和道澤希早子為偵探搭檔的連作短篇——發表當時，我是這麼打算的，不過後來計畫沒有實現，這篇作品便一直擱著了。在我的短篇作品中，這篇應該是唯一單純的推理小說。

1

「要穿紅——斗篷嗎？」

細微嘶啞的聲音，宛如歌唱般地這麼說。

「咦？」

道澤希早子不自覺地歪起頭，重新端詳坐在玻璃桌對面的人。

「怎麼忽然發出這種奇怪的聲音？」

「欸，老師，妳沒聽說嗎？」

坐在對面的少女——水島由紀從鼻子哼笑了一聲，隨即換上認真的表情說：

「聽說最近真的**出現**了。大家都在傳喔，雖然我沒有真的聽過就是了……老師，妳相信嗎？」

「出現，是什麼出現？」

希早子又歪了歪頭。

「妳忽然問我相不相信，我也不知道要怎麼回答啊。」

「就是我剛剛發出的聲音啊。」

由紀說完又刻意壓低細微的聲音說：

「『要穿紅——斗篷嗎？』——不知道從哪裡傳來的聲音。我有三個社團朋友都聽過了。」

「那是什麼？是妖怪之類的嗎？」

「我不知道是妖怪還是幽靈，總之就是出現了，會出現在學校還是公園的廁所裡。聽說下雨天，或是到了晚上會很危險。」

「不是色狼嗎？」

「怎麼可能。」

少女張開淡粉色的雙脣，毫無形象地大笑出聲。

「如果廁所的色狼，大家怎麼可能悶不吭聲。而且呢，根據聽過那個聲音的朋友的說法，那是女人的聲音。在那之後，就有各種說法流傳，大家都很害怕呢。像是很久以前在廁所自殺的女孩子，或是某種看不見的妖怪之類的……」

由紀是希早子打工的補習班的學生。她在大學下課回家的路上，偶然在唱片行巧遇，兩人便一起去咖啡廳——這是一九八八年六月十一日，星期六下午的事情。

由紀還是高一生，所以大概是十五或是十六歲。皮膚白嫩，五官有些圓潤，看起來很乖巧，給人一種「京都土生土長的千金小姐」的感覺。柔順的黑髮垂落胸口，細瘦的身體穿著檸檬黃的襯衫——散發出一股連同性的希早子也深受吸引的清純氣息。

我等一下要去跟男朋友約會——她剛才高興地這麼說。「這樣啊，真令人羨慕呢。」希早子隨口附和她，不過一方面「男朋友」、「約會」的字眼，又讓希早子感受到某種類似母親的心態，勾起了她的保護欲。

「妳們之間現在流行這種話題啊。」

說完，希早子露出了苦笑，心想這確實是容易在高中女生之間流傳的怪談。

「由紀，妳也害怕那個嗎？」

「是還好……不過確實覺得有點不舒服。因為大家實在太常講這件事情了。」

「那是像大概十年前左右流行過的『裂嘴女』嗎？」

「啊，我知道，就是會問人『我漂亮嗎？』的那個吧。」

「那是由紀大概小學一年級前後的傳聞。仔細想想，那個傳聞的很多部分都像笑話，可是我們當時真的很害怕呢。」

「像是一百公尺跑十秒之類的嗎？」

「對對，還有害怕金平糖。細節莫名其妙地非常仔細……

當時我家附近剛好有類似精神病院的地方，所以那個傳聞還加上看起來非常真實的段落，說是某號房的病患什麼時候逃出來了。當時，好多小孩子說他們在哪裡看到了那個逃出來的病患，事情變得很混亂。甚至還有小學生說太害怕，不敢回家，造成了很大的問題。

——那麼由紀，妳相信剛剛說的『紅斗篷』的事情嗎？」

希早子以鄭重的口吻這麼問道，聽到這個問題，由紀的表情隨之變得僵硬，看起來彷彿害怕著什麼。

「應該沒發生什麼不好的事情吧，只是聽到奇怪的聲音而已。」

「不是的。」由紀搖了搖頭，然後更壓低了聲音說：「事情還有後續。」

「是嗎？」

「嗯——被問到『要穿紅斗篷嗎？』時，如果回答不要，那麼聲音就會立刻停止，可是一旦要出去，廁所的門就打不開。不管是推還拉，都打不開。當廁所裡的人不知道該怎麼辦的時候，又會聽到同一個聲音問說：『要穿紅斗篷嗎？』這時候如果保持沉默，那麼門就可以順利打開。萬一不小心，回答了『好』——」

像是故弄玄虛似的，由紀不再往下說，而是將喝到一半的冰紅茶的吸管含在嘴裡，以帶有深意的眼神，看著希早子，又接著說：

「然後呢，身體會流出好多好多血死掉。身體會出現像是被針刺出來的傷口，血液會從那些傷口像噴泉一樣噴個不停，全身會被鮮血染成鮮紅……這就是『紅斗篷』的由來——老師，妳相信嗎？」

「怎麼可能。」

由紀看起來頗為相信這個傳聞。看到希早子打算一笑置之的模樣，她的眼角變得有點僵硬，不服氣似地噘起嘴說：

「老師，大家都真的很害怕喔。這附近不是有個兒童公園嗎？聽說紅斗篷經常出現在那裡的廁所。K大學教養學部的廁所，聽說也很危險。老師，妳還是小心一點比較好喔。」

2

「喔，現在又開始流行『紅斗篷』的故事嗎？」

將垂落前額的劉海隨意往上一撥，架場久茂說道：

「聽妳剛才說的，好像是第一次聽到這個故事呢。道澤同學，妳以前沒聽過嗎？」

希早子有點驚訝地問：

「咦，架場先生也知道『紅斗篷』嗎？」

「我不光是知道，『紅斗篷』從很久以前就很有名了。」

「真的嗎？」

「是啊。」

架場點點頭，交握的雙手拇指在會議桌邊緣咚咚咚地敲著。

「我第一次聽到這個傳聞，是在小學五年級左右。在我們班上很流行，然後瞬間就傳遍學校。還引起了低年級的小孩嚇到不敢一個人去廁所的騷動。不過那個時候不是『斗篷』而是『半纏』。」

「半纏？」

「對。故事架構幾乎一模一樣——從進到廁所的時候，會聽到『我給你穿上紅色的半纏吧。』的聲音開始……」

京都市左京區，K大學文學部老舊校舍四樓的「社會學共同研究室」。這個房間的「主人」是擔任研究助理的架場久茂，希早子時不時就會到這裡玩。

六月十三日，星期一。這天希早子上完早上的一節課後，照例來到這裡。她叫醒一如往常趴在學術書上打瞌睡的架場，替他泡了咖啡，然後談起了某個話題——就是星期六從水島由紀那裡聽到的怪談。

「不過呢——當然是我之後才知道的——『紅斗篷』這個傳聞的起源可以追溯到戰前——昭和初期，就是連我父親都還是小孩子的時候。」

架場這麼說著，將再度垂落的劉海往上撥。

「當時的孩子之間似乎會將『紅斗篷』和『怪人二十面相』或是『黃金蝙蝠』混在一起。妳知道『二十面相』吧。」

「當然知道啊。」

「『黃金蝙蝠』呢？」

「我記得我在很小的時候看過『黃金蝙蝠』的動畫，原作原來是那麼久以前的故事嗎？」

「原作本來是戰前的街頭紙芝居（紙戲）喔。」

「這樣啊。」

「這個傳聞以『怪人紅斗篷』的型態在孩子之間流傳開來，不過關於這傢伙的真面目有各種說法。像是會拐走孩童後加以吸血，也就是所謂的『吸血鬼理論』。有這樣把『紅斗篷』當成令人害怕的存在的傳聞，也有會出沒在女校的廁所，從馬桶中伸出手替人擦屁股的搞笑內容……總之有各式各樣的傳聞。」

「架場先生以前聽說的傳聞和現在高中女生之間流傳的內容完全不一樣。」

「是嗎，當時可能也有類似的模式。不管怎麼說，追溯起來只有一個模式的故事以傳聞型態擴散的過程中，慢慢變化成妳說的那種內容罷了。」

在廁所出沒的『紅斗篷』，首先會問女孩子『妳要紅色的紙？還是藍色的紙？』這句話會帶來『吸血鬼理論』所具備的『恐怖感』，然後變化成『要穿紅斗篷嗎？』當然也有人會將『斗篷』改成『半纏』加以散播。

——總歸一句話，到了現在，這種怪談居然又在高中女生之間流行起來，真是有趣。那個叫水島的女孩子，從以前就和妳很親近嗎？」

「對，她在中學二年級時到我們補習班來的。她說自己是獨生女，很想要一個像我這樣的姊姊，所以主動親近我。我有時候會在補習班下課後，請她喝茶。」

「個性很認真嗎？」

「應該算認真吧。她爸爸似乎在化妝品相關的公司工作，經常到國外出差不在家裡。她多少還是會感到很寂寞，不過基本上個性開朗活潑，人緣也好……」

「也很聰明嗎？」

「她的成績雖然普通，不過有很敏銳的地方。她參加了戲劇社，希望將來能夠自己寫劇本。」

「原來如此。」

架場玩弄著已經喝完咖啡的杯子，輕輕點了點頭。

「然後妳說，這孩子看起來真的很害怕『紅斗篷』這個怪談。」

「我看起來是這樣，不過——」

「不過？」

「從她們的角度看來，自己很害怕的樣子或許也是一種『遊戲』吧。」

「遊戲？」

架場將手指從杯子移開，眨了眨惺忪的睡眼。

「是啊。遊戲之類的，也沒什麼不對。總之，她們想要相信。不管是多麼愚蠢的傳聞，就是**想要相信**。因為她們置身其中的『現實』就是如此不穩定。」

架場打了一個大呵欠，然後看著希早子說：

「道澤同學，我想再喝一杯咖啡。」

「好好。」

希早子離開桌子，走到放在房間角落的瓦斯爐，拿起水壺確認裡面的水量。

這時候，架場忽然高聲對她說：

「這不是太好了嗎？」

「什麼？」

希早子完全不知道好什麼，拿著水壺回過頭去。

「妳不是在煩惱畢業論文的題目嗎？寫**這個**不就好了？妳正在讀埃德加・莫林[1]的《奧爾良的傳聞》吧，如果把妳剛剛說的拿來套用，妳一定可以立刻寫出在研究所考試時，讓所有教授眼睛為之一亮的論文吧。」

希早子完全沒提過念研究所的事情，架場卻在希早子三年級時就這麼擅自認定了。

「呃，架場先生，我……」

沒有念研究所的打算……正打算這麼說的時候。

「唉呀，找到好題目真是太好了。嗯嗯，太好了、太好了。」

架場立刻打斷她，那張萬年不變的睏倦臉上浮現溫和的笑容。

希早子很喜歡這個三十五歲的研究助理充滿包容力的笑臉，不過也常不知道該如何應付他。

3

獨自走在夜路上，果然還是讓人不太舒服。

（真是的，早知道就搭計程車了。）

1. Edgar Morin（1921-）法國哲學家、社會學家。

希早子時不時停下腳步回看身後，心中感到有些後悔。

六月十八日，星期六。

希早子傍晚和兩個大學朋友一起去河原町看電影，此刻正在回家路上。看完電影後，三人去了咖啡廳聊了很久，察覺到時間不早時，已經過了晚上十一點。兩個朋友說著「今天晚上再去喝一杯吧。」「就這麼辦。」兩人一拍即合，又往夜晚的鬧區出發。希早子不知為何提不起勁，決定自己先回家。

希早子住的學生公寓位在北白川，開往那裡的公車已經收班。只能搭計程車了嗎？正當她這麼想的時候，經過河原町大道北上的公車剛好抵達。

搭這班的話，只要走一半的路就好了。

會忽然改變想法的原因是，希早子想起上個月研究室的迎新派對結束後，她搭了計程車回家。沒想到那個司機的言行粗魯到讓希早子想向計程車行投訴。

她在「河原町今出川」站下車，走到公寓所需的時間差不多半小時。

希早子穿過鴨川的橋，走進小巷。一走進小巷，她馬上就想糟糕了。因為最近有傳聞說這一帶經常出現色狼。她停下腳步思考了一下，不過還是放棄走回大馬路。

今年一月，雖然地點和原因都不一樣，不過同樣是夜歸路上，希早子碰到了生命遭到威脅的災難。當時的記憶雖然稍微掠過她的腦海，不過或許她的思考構造天生就比較樂觀。因為幾個月前才碰過那種事情，應該不會又碰到相同等級的災難吧——她就這麼解決了問題。如果遵照這種理論，那她剛剛不在河原町搭計程車的理由，也就不成理由了，然而——

（人類的行動本來就不是邏輯或是理論可以完全解釋的！）

這也是當她讀不通社會學、心理學的學術書時，總會冒出的想法。

夜晚的空氣非常符合梅雨季節該有的模樣，飽含濕度的空氣黏膩得令人不快。溫熱的微風，脖子和上衣裡面都滲出汗水，然而，踩在黑色柏油路上的腳尖卻纏繞著奇妙的寒意。

小巷裡毫無人煙。

灰白色的路燈映照出希早子反覆扭曲伸縮的影子。她緊盯著自己的影子，加快了腳步。

（這條路直直往前走的話，會經過前陣子由紀說的那個公園旁邊。）

希早子不自覺地想起這件事。

『要穿紅斗篷嗎？』

由紀當時的聲音在耳邊復甦。希早子雖然很清楚那是再普通不過的怪談，但是在這種情況下想起來，還是感到不舒服。

『要穿紅斗篷嗎……』

『不知道從哪裡傳來的聲音。』

『要穿紅斗篷嗎……』

『身體會流出好多血，然後就死掉了。』

『血會像噴泉一樣噴出來，將身體染成鮮紅色……』

希早子本來就不喜歡這一類的故事。

從小學到大學，不管是校外教學或是社團集訓，每到晚上就一定會有人開始「試膽」、「百物語」之類的活動，而她都不會參加；所以她才會不知道架場久茂說「很有名」的「紅斗篷」這個故事吧。

不喜歡怪談的人大致分為兩種類型。

一種是對於這類的故事真心感到害怕，害怕到過了頭。

另外一種是，一開始就對於怪談的非現實性嗤之以鼻的人。

要說希早子是哪一種，她兩種都不是。

她雖然不會認真相信幽靈或妖怪的存在，但也不打算以科學常識全盤加以否定。因為她感覺這個世上確實存在著科學無法說明的「不可思議」。只是因為她未曾親眼見識過，所以也不想毫不抵抗地相信或害怕。

硬要說的話，希早子討厭的是，像是在進行「百物語」時，刻意營造出來的那種**確確實實的**氣氛。然後她更討厭電視上那些，此類主題的特別節目誇張至極的演出方式，但這不過是遊戲而已。所以這樣倒也不是不行，但是她怎麼樣都無法接受為了害怕而害怕，並且樂在其中的感覺。

人類在「享樂」這件事情上，真的是貪心又執著的生物——希早子這麼想。

不光是美麗或是愉快，醜陋和不快也是，還有悲哀和憤怒，甚至恐懼，人類從以前就毫不厭煩地樂在其中。

恐懼——這個名詞在希早子心裡起了小小的波瀾。

和希早子同世代的年輕人中有多少人真正體驗過**那種感覺**呢？體驗過自己此刻的生命的的確確正逐漸逼近死亡的深淵，那種冰冷、激烈的感覺……

沙……附近傳來聲音，希早子嚇得無法動彈。一道小黑影從右手邊的籬笆竄出，穿過漆黑的路上。
（……貓？）
希早子撫胸鬆了口氣。
（真是的，這感覺好討厭。）
一旦失去平衡，人心就很容易陷入滑坡狀態。毫無人煙的夜路和黏膩的黑夜，則決定了滑坡的方向。
直到方才都還不在意的，那樁發生在五個月前的「人形館」事件——當時「恐懼」的記憶冷不防就栩栩如生地在腦中復甦。這一帶關於色狼的傳聞、水島由紀告訴希早子的「紅斗篷」怪談，全都在她腦中攪和在一起……
就算希早子生性樂觀，但也無法免疫於心靈往負面方向傾斜。愈是想像討厭的事情，心情就愈往那個方向傾斜。
是不是有人看著自己？
是不是有人跟蹤自己？
是誰……是什麼東西……
（……妳變得有點奇怪了喔。）

希早子不斷這麼提醒自己，硬逼自己想別的事情。

昨天晚上看的書。

今天看的電影。

看完電影後，三個人在咖啡廳裡的談話。

（對了……那是由紀嗎？）

剛走出電影院時，有個體格強健的男人肩膀差點掠過希早子鼻尖。對方有著黝黑的健康膚色，身上散發出強烈的男性古龍水香味。然後希早子稍微瞥見了緊勾著那個男人——大約二十歲左右的年輕人——另一邊手腕的女性側臉。是認識的人——這麼想的時候，兩人經過希早子面前，消失在週末夜晚的人群中。

那是水島由紀嗎？

穿著純白色洋裝的背影，比起希早子熟悉的高一女生，不知為何看起來要更成熟得多。

如果那名女性是由紀的話，那麼走在一起的年輕人就是她之前提過的「男朋友」。不過給希早子的印象，兩人之間的氣氛是與其說是「男朋友」不如說是「戀人」更加貼切。

（……戀人嗎？）

希早子不知不覺地輕輕嘆了口氣。

希早子現在沒有可以如此稱呼的對象。她在大一那年經歷了一場慘痛的失戀後，對於讓特定男性奪走自己的心這件事，有著超出必要的膽怯。話雖如此——她仍舊希望能夠擁有美好的戀人。在這件事情上，希早子仍舊是個極為理所當然的妙齡女性。因為害怕主動喜歡上對方，所以能不能出現一個人強勢主導自己呢？——她偶爾會這麼想。

（嗯，這樣的話，架場先生也不錯，可是他在那方面完全一竅不通啊。）

想到這裡，希早子才好不容易讓傾向「恐懼」的心情振作起來……

4

不久，希早子看到了位在左前方，水島由紀前幾天提醒過她的兒童公園。

雖然只是兒童公園，不過卻意外廣闊。枝繁葉茂的櫻花樹叢，以及錯落其間的低矮籬笆圍繞著格子架、鞦韆、溜滑梯等等形成的寂靜黑影。那個模樣看起來彷佛是陳列在博物館的恐龍化石——

深夜的兒童公園變成了一副很詭異的「畫」，希早子心想。如果在這裡，光是有個孩子在那裡盪鞦韆，就會是個像樣的怪談了……

希早子自然地加快腳步。

公園角落有個小小的藤花架，旁邊有個四方形的水泥建築物——那就是傳說會出現現代版「紅斗篷」的廁所吧。

『老師，妳也要小心一點喔。』

由紀滿臉認真地如此忠告她，不過不用由紀提醒，沒有天大的事情，沒有人會在大半夜進去這種地方的廁所。這是個在是否相信傳聞之前的問題。

希早子察覺到自己的心又要再次傾向「恐懼」，所以她更迅速地往前走——就在這時。

「啊，老師。」

這時候，有道聲音出乎意料地從旁邊喚住希早子，令她差點尖叫出來。

「老師……道澤老師。」

希早子回頭一看，這才發現是誰叫住她。可能是剛好被什麼東西的陰影擋住，希早子一直都沒發現，公園的藤花架下站著一個身穿白洋裝的少女。那個少女——不正是水島由紀嗎？

「由紀，怎麼了？」

希早子嚇了一跳，快步跑向少女。

「妳怎麼現在在這裡？」

希早子以路燈燈光看了一下手錶，已經過了凌晨十二點了。

「老師……啊，真是太好了。」

由紀站在原地，低聲說道：

「太好了，我……」

「怎麼了？」

希早子跑進公園，衝到由紀站著的藤花架下，胸口還跳個不停。

「妳為什麼在這裡？」

「老師，對不起，嚇到妳了嗎？呃……我很困擾，不知道該怎麼辦……」

她的聲音非常僵硬——不，聽起來很痛苦的樣子。

「妳哪裡不舒服嗎？」

「對，我突然不舒服……肚子忽然好痛。可是這裡離我家還有一段路，我幾乎無法忍耐了，卻又不敢進這裡的廁所……」

「所以妳不知道該怎麼辦？」

「——嗯。」

「沒事的，這世上根本就沒有『紅斗篷』。」

「可是……」

「不用害怕。我在廁所前面等妳，快點去。」

希早子以安撫孩子的口氣說：

「沒關係，如果有什麼怪事，就大聲叫我，知道嗎？」

「老師，對不起。」

像是壓著由紀纖細的肩膀一般，希早子陪著她走進廁所。看著由紀走進隔間，關上門後，希早子站在建築物入口附近看著外面，低聲嘆了口氣。

（還好是我經過。）

（而且，還這麼晚……）

從服裝一致這點看來，電影結束後看見的那個人果然是由紀。但是，這種時候讓女孩子自己一個人回家，那男人到底在想什麼？
一想到由紀是這麼可愛的孩子，就讓希早子更火大。她不自覺地踢了腳邊的小石頭一腳。靜悄悄的深夜公園裡，只有轉動的石頭發出的喀啦喀啦的聲音。就在這時候——
雖然很微弱，但希早子覺得背後傳來一陣奇怪的聲音。
（……咦？）
胸口一緊。
（剛剛那是什麼……）
「由紀，妳說什麼？」
希早子回過頭去，小聲問道：
「由紀？」
沒有回答，取而代之的是——
「……穿……嗎？」
微弱嘶啞的聲音斷斷續續地傳了過來。
（……怎麼可能。）

希早子想再次呼喚由紀，但是喉頭痙攣地無法發出聲音。

「……穿紅斗篷……」

又聽到了。無法確認性別的嘶啞低語聲，非常微弱。

「由紀，回答我。」

希早子好不容易才開口叫喚出聲。

「老、老師……」

從油漆早已斑駁的白色門板的另一邊，傳來由紀語帶哭腔的回應。然而，就在這一瞬間——

「……要穿……紅……斗篷嗎……」

「由紀，裡面只有妳，對吧？」

「……嗯。」

（那……這是怎麼回事？）

希早子立刻確認由紀所在的隔間旁邊的隔間。裡面只有蹲式馬桶以及角落的小垃圾桶——兩邊當然都沒有任何人。

廁所裡面有三個隔間，由紀上的是正中間那間。建築物角落還有一扇尺寸比較小的門，大概是收納清掃用具的工具間，而這扇門從外頭上了密碼鎖。

這是一棟狹小的建築物，以灰色磚塊砌成的牆壁，水泥地板——沒有任何可以讓人躲藏的空間。

（……天花板？）

這個念頭掠過希早子腦海，令她全身發冷。

（該不會貼在天花板上吧？）

天花板上有人——不，有**什麼**……

（……怎麼可能！）

她咬牙抬頭一看，但是——

眼前也是什麼都沒有，不可能有。眼前只有略顯髒污，到處都有蜘蛛網的灰色水泥，和亮晃晃的兩支日光燈管——

「……要穿……紅……斗篷嗎……」

又聽到聲音了。

到底是從哪裡傳來的？聽起來像是從由紀所在的隔間傳出來，又好像不是。

「老師，怎麼辦？我……」

「……要穿……紅……斗篷嗎……」

「老師！」

「噓。妳不要回答，快點出來。」

希早子拚命讓自己冷靜下來，然後口氣強硬地命令由紀：

「快點。」

於是響起了想要打開門鎖的聲音，等不及的希早子伸向手把，可是門打不開。

「由紀，怎麼了，快點……」

「老師……我打不開。」

「妳在說什麼？鎖打開了嗎？」

「那個……」

希早子握著門把的手使勁往外拉，但門似乎被什麼東西卡住，打不開。

她此刻清楚感覺到自己全身正在微微發抖。

「……要穿……紅……斗篷嗎……」

詭異的低語聲斷斷續續地重複著。

「不要！不要!!」

由紀歇斯底里地尖叫。門怎樣都打不開，希早子改換成用拳頭敲打門板。

「由紀！」

「……紅、斗篷……」

「老師，救命！」

「……紅、斗篷……」

「不要！」

「……紅、斗篷……」

「不要啊！」

忽然所有聲音瞬間停止。

希早子愣愣地站在灰色的箱子裡，好一陣子都無法動彈。

她無法理解現在眼前究竟發生了什麼事。

根據所知的所有情報，她知道這是**某個結果**的預告，可是她的理性全速運轉地拒絕接受這個狀況。

滿心困惑。

這正是希早子的心理狀態。而她甚至沒有餘裕去感受存在其中，名為「恐懼」的疙瘩。
「……由紀。」
她好不容易才擠出聲音。
「由紀？」
沒有回應，也聽不到某人的微弱低語。
希早子戰戰兢兢地伸手向門，生鏽的金屬門把被她的冷汗弄得濕滑。
「由紀，回答我。」
她又叫了一次，仍舊沒有回應。
幾乎要令人窒息的寂靜……希早子感受到自己心跳加速，膝蓋發顫，無法使力。
她轉動門把。
輕微的喀嚓聲響起。
希早子緩緩拉開門板，沒有預期的物理性的反抗。伴隨著討厭的吱嘎聲，隔間門輕而易舉地就開了，然後——
「嗚。」希早子喉頭咕嚕一聲，全身僵硬，不知為何她沒有尖叫出聲。

門板另一邊出現的是她難以置信的畫面。

背靠著正面的牆壁，兩腿攤在有馬桶的水泥地板上……動也不動的少女身體，她的臉孔、手腕、衣服……全身上下都附著閃爍光芒的紅色液體。

從臭氣逼人的味道中，鮮豔浮現出來的刺眼顏色，因著微弱閃爍的光線加成，看來就像有生命似地蠢動著。

水島由紀雙眼緊閉，表情一片虛無——

她身上穿的已經不是剛才的白洋裝，而是染成一片鮮紅，真真正正的「紅斗篷」。

5

「說真的，我完全搞不清楚是怎麼回事……」

希早子以小指指尖玩弄著剪齊至肩上的髮尾，有著雙眼皮的圓眼睛眼神不安地四處飄移。

「不過我立刻就發現那些紅色液體不是從由紀身上噴出來的血液。因為味道太重了，那不是血液，大概是油漆之類的。」

「那當然了。」

沉默聽著希早子說話的架場久茂，蒼白的臉頰上浮現出微笑。

「不管是電視新聞或是報紙，都沒有報導上星期六深夜這一帶發生了這種事情。如果那個叫水島由紀的女孩，的確像妳剛才所說的流了真正的血死掉，或是身受重傷的話，那就是非常誇張的奇怪案件了，不可能沒有任何報導。」

「可是架場先生，我那時候可是嚇到心臟都要停了。我現在雖然也完全搞不清楚狀況，但是如果由紀當時就那麼死掉的話——我不知道我還能不能像現在這樣保持正常。」

「說的也是……」

架場在襯衫的口袋摸索了一下，取出了壓扁的Hi-Lite菸盒。

「然後呢？她沒事吧？」

「嗯，算是沒事吧。由紀只是昏了過去。我把她搖醒，好不容易把陷入混亂的她安撫到一定程度後，送她回家了。剛好那天晚上，她爸爸出差剛回來，和她媽媽兩人正在擔心女兒晚歸。看到由紀那個樣子，兩人也是嚇壞了……」

「妳也花了好一番工夫才說明清楚狀況吧。」

「就是說啊。」

希早子大大地點了點頭。

「由紀本人不論是在回家的路上，還是到家之後，都還是一片茫然、意識不清的狀態，不管問她什麼，她始終堅持自己什麼都不知道。結果我只能老老實實地交代發生的事情。但是我自己也很混亂，所以講起話來也不得要領……本來就是很難相信的事情，到後來反而是我變得很可疑了。

衣服雖然不能穿了，不過由紀並沒有受傷，她的父母看來也不想把事情鬧到警察那邊去。而且後來由紀也比較清醒了，說自己已經沒事了。聽到她這麼說，她爸爸本來臉色很難看，也多少放下心來，說還好自己提早了行程回家。還不管自己衣服會弄髒，用力抱緊了由紀……」

「他沒有責備女兒太晚回家嗎？」

「這可不是那種時候吧。我以前聽由紀說她的門禁是晚上十點，不過她經常因為社團活動或是別的理由晚歸。」

「因為是獨生女，教養很嚴格吧。」

「她媽媽好像不太會囉唆這個。」
「所以是爸爸很囉唆嗎？」
「對。我感覺他非常疼愛女兒，擔心女兒擔心得不得了，算是溺愛她吧。」
「原來如此。」
架場獨自露出了理解的表情。他在椅子上伸直細瘦的身體，像是要說這個話題到此為止似地噴出了一口煙。
但是希早子可沒辦法就這麼結束。因為那天晚上她什麼都搞不清楚地回到家裡，一直到現在都還在煩惱著這件事情。
那件事情到底是怎麼回事？
「要穿紅斗篷嗎？」
希早子確實聽見了那個聲音，由紀也聽見了。然而在那棟狹窄的建築物中，沒有任何空間能供人躲藏。
由紀尖叫，希早子拉開門的時候，裡頭只有全身紅色塗料的少女，沒有其他人。應該是有人從某處發出了那個聲音，將塗料淋在由紀身上……但是為什麼？
推理小說中有所謂的「不可能犯罪」——為了讓不可能犯罪成功，就必須要有某種詭計。那麼當晚的那種狀況，到底隱藏著何種詭計？

如果不找出那個詭計，那麼那件事情的解釋必定無可避免地會大大撼動希早子的世界觀。也就是，肯定超乎常理的某種事物——看不見的「紅斗篷」——確實存在。

「道澤同學，妳不是以『紅斗篷』確實存在的前提，告訴我剛剛的事情吧？」

彷彿看穿希早子想法的架場這麼說道。

「呃，那個——」

正是如此。

希早子不打算這麼隨便地接受這個奇怪現象是「真的」。在接受這件事情之前，還有必須加以懷疑的問題，而且在檢討了許多次之後，希早子已經找出十之八九就是如此的解釋，然而——

「我想我大概知道架場先生怎麼想。我又不是傻瓜，當然也認為應該就是這樣。只是……」

「嗯。」

架場眨了眨惺忪的眼睛。

「妳**不知道為什麼**嗎？」

「不。」

希早子雖然立刻否定，聲音卻不如往常有力。

「其實我也想過是什麼理由了，但是我怎樣都無法相信。而且我也覺得把一切都推給『紅斗篷』就解決了，所以剛剛才會說到了現在也還是不知道。」

聽到這句話，架場看似有些驚訝地歪了歪頭。

「總之，妳先說說看吧。」

架場這麼一催促，希早子挺直了背脊。

「我冷靜地思考過當時的狀況後，發覺只有兩個可能性。不過前提當然是這個事件並不是我和由紀共謀捏造的。因此如果這個事件中有所謂的犯人的話，只可能是我本人，或是由紀。

如果我是那個『聲音』的主人——

門之所以打不開，是因為我在外面壓著。我一邊壓著門，然後踩在某種踏腳台上，然後將事先準備好的紅色油漆從門上方淋到裡面的由紀身上——就是這樣吧。

也就是說，很可能全都是我的謊言。然而，我自己最清楚事情並非如此。我那天晚上會在那裡碰到由紀，完全是偶然，而且我也沒有在包包裡裝著油漆到處走的嗜好——我發誓，我剛剛說的話都是真的。

這樣一來，只剩下一種可能。就是『犯人』即是『被害者』由紀自己。全部都是她拿我當觀眾的獨角戲。」

希早子話說到這裡，窺看著架場的反應。他雙手拇指輕敲著桌子邊緣，饒有興味地瞇起雙眼。

「當然會得出這個結論吧。除此之外，沒有別的解釋。」

「我也考慮過遠距離的機械操作，或是自動裝置之類的，可是那個地方沒有設置那種機關的空間。更重要的是，那『聲音』是由紀的一人分飾兩角，門之所以打不開是她故意為之，紅色油漆則是她事先準備好再潑到自己身上——我也可以接受這個假設。由紀在學校是戲劇社社員，擁有一定程度的演技，油漆容器大概藏在垃圾桶內。當時的我也沒有調查垃圾桶的餘裕。

這樣基本上可以解釋為什麼表面上會是這樣的狀況，更重要的問題是……」

「**她為什麼要演這麼一齣戲**，對吧？」

架場這麼一說，希早子便輕輕點點頭。

「如果只是普通的惡作劇，我敢說由紀絕對不可能。不，就算不是她，在那種時間、那種地方，還要犧牲一套洋裝，只是為了愚蠢的惡作劇，根本是毫無常識。一定有某種相對應的理由——動機才對。

然後我想到了一件事——架場先生？」

「嗯？」

「你知道卻斯特頓[2]那篇有名的小說吧，就是要隱藏樹葉的話……」

「嗯，〈斷劍之謎〉。」

「我想由紀做的事情和那篇故事是一樣的。將樹葉隱藏在樹林裡，沒有樹林的話，就製造一座。由紀有著無論如何都要隱藏的東西，所以才會演出那場獨角戲吧？」

「這是非常典型的想法——所以？」

「透過那場獨角戲，由紀可以『隱藏』的東西是什麼？那個事件的特徵，那

2. Gilbert Keith Chesterton（1874-1936），英國作家、神學家。「布朗神父」系列為他最知名的推理小說創作。下文提到的〈斷劍之謎〉（The Sign of the Broken Sword）收錄在《布朗神父的天真》（1911）裡。

個事件最引人注目的一點是什麼？我這麼一想，得到的答案是『紅』——『紅斗篷』的『紅』色。

她全身上下大量的『紅』色，不正是〈斷劍之謎〉中的森林嗎？我是這麼想的。」

「嗯……」架場沉吟著，停下手指的動作，希早子繼續說：

「於是我接著想那個『紅』色可以隱藏的東西、必須隱藏的東西究竟是什麼？我首先想到的就是『血』。

當我開始這麼想，昨天傍晚接到了朋友的電話，對方告訴我星期六晚上，在那座公園附近的神社森林裡，發現了一具遭到刺殺的男人屍體……」

「原來是這樣嗎？」

架場撩起劉海，說：

「妳認為水島由紀是那個殺人案的兇手？她殺人的時候，死者的血液弄髒了衣服，為了隱藏血液，所以她才演出了『紅斗篷』這齣戲？」

「對——那一帶最近有色狼出沒的傳聞，所以我想說不定在神社被殺的男人就是那個色狼，他在當晚襲擊了由紀。當時男人用來威脅由紀的刀子在她的抵抗之際，反而刺死了那個男人……」

「可是妳不想相信那件事？」

「——是的。」

架場從低著頭的希早子身上移開視線，緩緩起身走向瓦斯暖爐。

「要喝咖啡嗎——算了，偶爾也該換我泡一下。」

不久茶壺開始發出咕嘟聲。架場將杯子排在桌上，口氣隨意地說道：

「有些地方很奇怪。」

「——咦？」

「聽妳剛剛的解釋，我總覺得有些地方很奇怪。像是，對了，水島由紀要從哪裡弄來油漆？」

「從哪裡……」

「按照妳的推測，她演出『紅斗篷』這齣獨角戲的必要性，當然是在她於**神社殺害了那個男人之後**產生的。紅色顏料也是在那時候才需要的。百萬遍附近確實有開得很晚的美術材料行，所以她可以在那裡買到能夠助她達成目的的顏料。可是呢，全身是血的她不可能就那樣去買東西吧。」

「那是……」

「假使她確實用了某種方法弄到了顏料，但是她在那之後碰到了妳。這件事完全是偶然，如果她沒有偶然碰到妳，那她大概打算自己把顏料淋在身上，跟父母撒謊說自己被『紅斗篷』襲擊了。但是，既然偶然遇到了妳，對她來說，沒有不把妳當成『目擊者』的理由。總之——

妳當時近距離接觸了穿著白色洋裝的水島由紀，但是沒有看到她衣服上的血跡。」

「那裡很暗，就算沒有發現也不奇怪……」

「如果是暗處就不會發現的程度，那她根本沒有必要花那麼大力氣。她只要隨便撕破衣服，說自己摔倒還是被什麼東西卡到，父母都會埋單的。不需要抬出什麼被『紅斗篷』襲擊這種毫不現實的事情。

不過呢，關於這點，對她來說『紅斗篷』的傳聞帶有某種現實性，只要這樣解釋就行了。**而要隱藏樹葉的話，森林愈大愈好**的理論也是成立的——咖啡好了，請用。」

架場在原位坐下，一邊吹涼咖啡，然後喝了一口。

「只是還有一個最麻煩的問題。這是妳一定不知道的事實——妳看了早上的報紙了嗎？」

「還沒，我沒有訂報。」

「那妳之後再看吧。因為社會新聞版頭條就是那件神社殺人案。」

「……」

「根據報導——我是剛好看到就記起來——當晚確實在那個神社裡有個無業的中年男子遭到刺殺。不過呢，**警方推測的案發時間和妳想的完全不一樣**。妳碰到水島由紀是在午夜剛過十二點吧，神社殺人案的案發時間要更晚，是十九號星期日的凌晨三點。」

「這樣的話……」

「很遺憾——不該這麼說吧——妳的解釋是錯的，『紅斗篷』和神社的殺人案沒有任何關係喔。」

架場露出惡作劇的笑容，又開始吹涼熱咖啡。

6

「由紀，妳男朋友還好吧？」

希早子向走進店裡後就一直低著頭的水島由紀這麼問。

「他比妳大，對吧？他對妳好嗎？」

「老師，妳為什麼這麼問……」

「那天——就是上週六，我偶然在河原町看到了。你們看起來感情很好。」

六月二十二日，星期三，是希早子工作的補習班高一生的上課日。

她有點擔心由紀會不會來上課，不過她準時出席了。只是和以往不同，希早子發現由紀很在意站在講台上的自己的視線。

課程結束後，由紀馬上起身打算回家，希早子立刻叫住她。以有重要的事情要說為理由——半強迫將她帶到附近的咖啡廳。

「因為那天晚上那麼晚了，妳還在那裡，所以我覺得妳男朋友有點過分。他難道不擔心妳一個人走夜路嗎？怎麼不送妳回家呢？」

希早子阻止要開口說些什麼的由紀。

「我知道的。」希早子接著說：

「他在更早的時間送妳回家了吧。」

「老師……全都知道了吧。」

由紀老實地再度垂下視線。

「對不起，我……」

「妳不用道歉，我可以理解妳的心情。」

希早子以溫柔的口氣這麼說完後，對少女露出微笑。

「但是我覺得瞞著妳父母還是不太好。我不是要妳跟他們說妳跟對方進展到什麼程度，不過最起碼要告訴他們自己正跟什麼人交往。」

「我很擔心。」

由紀滿臉煩惱，表情陰鬱地說：

「我爸爸如果知道阿裕的事情，一定會很生氣。我爸爸是K大學法律系畢業，是個秀才……啊，阿裕是我男朋友的名字。

阿裕他白天在修車廠工作，晚上去夜校，所以我爸爸一定會生氣的。可是我喜歡阿裕，也很尊敬他……可是如果我這麼說的話，爸爸說不定會連我一起討厭。

我很喜歡我爸爸，我不希望他討厭我。」

「所以妳才那麼做啊。」

「——嗯。」

那天晚上，由紀之所以在那間廁所演出「紅斗篷」的獨角戲，不是因為希早子最初推測的理由。她並非要隱藏濺在衣服上的血液，而是另有目的。

而因為架場的小小提示，希早子察覺了那個目的。

「很可惜，妳的切入點很不錯，不過當妳將紅色顏料和『血液』連結在一起時，答案就錯了。也就是說——

她用來當偽裝的『紅』並非『顏色』。她以紅色顏料製作出來的『森林』不是『顏色』的森林……道澤同學，妳不也說了嗎？很重的味道。」

正是如此。

由紀想要製造的是「味道」的森林。顏料散發出來的強烈揮發臭味——由紀想用這個味道來遮掩不能被聞到的某種「味道」。

這麼一來，希早子就想到了。

那天從電影院出來時，經過希早子面前的由紀與看似她男友的男人。當時她聞到了男性古龍水的強烈香味——由紀想要隱藏的該不會就是**沾到自己身上的味道**？

希早子不知道那天由紀是否和戀人去某間飯店度過了親密的時間，不過由紀對於在那之後對方身上的古龍水香味如此在意的話，應該是發生了關係吧——希早子這麼認為。

男方將由紀送到家裡附近後，兩人道別，那時候應該已經過了十一點。由紀心想雖然比門禁晚了一點，不過母親應該不會責備她吧……這麼想著穿過家門時，她發現理應不在家的父親，提早結束出差行程回家了。

糟糕——由紀這麼想。

先不管會不會因為晚歸遭到斥責，父親一定會像往常一樣擁抱許久不見的愛女吧。要是他察覺到男性古龍水的香味的話……

由紀很清楚父親因為工作的關係，對於化妝品的味道要比一般人來得更敏感。

由紀心虛地不敢進家門，煩惱著不知道該如何是好……結果由紀想出了一個非常誇張——對她來說是迫切需要——的應對方法。

將一切都推給「紅斗篷」就好。

由紀之所以會想到這個方法，是因為她覺得最近朋友之間流傳的「紅斗篷」傳聞的真實度非常高，比起希早子他們的感受，由紀認為這個做法很妥當吧。至少在那個情況之下，由紀認為這是最適當的方法。她根本沒有餘力思考其他的選擇，希早子認為當時的由紀已經陷入某種強迫心理，然後……

「由紀。」

希早子不打算打破沙鍋問到底。

「妳真的那麼喜歡那位阿裕嗎？妳愛他嗎？」

由紀沉默不語，但是深深地點了點頭。

「這樣的話，我認為妳更應該將他介紹給妳爸媽認識。如果妳能這麼有自信地點頭回應我的話，沒有必要拖拖拉拉地煩惱。說什麼學歷的問題，那才對阿裕很失禮，不是嗎？妳說妳很尊敬他，對吧。」

「是沒錯，可是爸爸……」

「妳爸爸能不能接受，全看妳怎麼跟他說。」

「是嗎？」

「不是有句話說知難行易嗎？沒問題的，妳之前演的『紅斗篷』那齣戲好精采。因為妳膽子夠大才能演出那齣戲。」

「啊，那個……老師，對不起。」

「我真的敗給妳了。我完全被那個嚇人的聲音給騙了。由紀，妳要不要認真考慮當演員呢？」

「怎麼可能。」

少女臉上終於開始綻放明朗的笑容，希早子看著那張笑臉，心中悄悄地說：

「真令人羨慕。」

「……要穿——紅——斗篷嗎？」

由紀半開玩笑地重現當晚的那個「聲音」。希早子只有嘴角抽動地應付她之際，腦中忽然浮現出架場久茂那張充滿包容力的笑臉。

（試著考考看研究所吧。）

希早子不禁這麼想。

崩壞的前日

初次刊登——《小說昴》二〇〇〇年八月號

這篇是預計當成《眼球特別料理》（一九九五年出版）收錄的短篇〈生日禮物〉姊妹作所寫。和〈生日禮物〉一樣，與其說是恐怖小說，幻想小說的色彩更為濃厚。因此可以稱為姊妹作的元素究竟是什麼，就有賴讀者個人的想像了。

打開因水蒸氣而模糊一片的玻璃窗一看，我不禁大為驚訝。早已過了四月中，連櫻花季節都要結束的此時，外面居然在下雪；而且還是深冬才能看到的大雪。

感到驚訝的同時，面對一望無際的雪白景色，我內心無比雀躍。因為這裡是很少下雪的土地，我單純對大雪感到很稀奇。

這麼說來──我想起來了。

二十二年前，我出生那年的四月，似乎也下了不合季節的大雪。全國性的異常氣候持續了好幾天，聽說有好幾名街友凍死在街頭。

我壓抑著想要一直眺望室外風景的心情，關上了窗戶。

春天穿的輕薄睡衣底下，我全身起了雞皮疙瘩。好冷，明明在室內，呼出來的氣息卻是白色的。

我無力地回到被窩。棉被的溫度讓人舒服到不行，我感覺又要睡起回籠覺之際，剛才暫停的鬧鐘此時再度響起煞風景的鈴聲──早上十一點半。

啊，不起來不行了，不然和她的見面會遲到。

我趴在床上，下巴靠著枕頭，點起一根菸。

白色煙霧和白色氣息，在這間單人房的乾燥陰暗中互相融合。我每噴出一口煙，眼睛就盯著尚未散去、毫無規則地搖動的煙霧動態，開始在意起昨晚作的夢。

……那是。

那是，那個夢是……

我在殘留著睡意的意識中，回想著那個夢。

稀奇的是，我居然能在腦袋裡仔仔細細地重現那個夢，然而我無法用語言表達那個夢中某種微妙氛圍。

這不是我第一次作那個夢，我記得至今為止我做過很多次同樣的夢。很多次，很多次，多到難以計算。

我第一次作那個夢是什麼時候呢？在記憶模糊的童年時期——大概是剛上小學的時候吧。

說不定更早以前就做過，只是我不記得而已。只是我不記得而已……啊，或許從我出生以來，我就每日每夜地一直作著那個夢。只是我不記得而已，前天晚上，再前一天，更之前的晚上，我可能也作了那個夢。

我忽然滿腦子都是這個想法。

從我出生至今……幾千幾百幾十次的，同樣的夢。

我將變短的香菸在菸灰缸中按熄，下定決心掀開棉被。

雖然睡意早已消失，但是昨夜那場夢的記憶卻執拗地纏繞在我腦中，怎樣都不肯消失。

只有我蹲下的地方，半徑大約兩三公尺的空間是淡褐色的地面。除此之外，全部都籠罩在一片陰暗的深紫色中。前後左右，就連頭頂也是。

「世界」是深紫色。

我覺得那片紫色在蠢動著。

我不是看見，也沒有聽見，卻感覺那片紫色不停蠢動著。

微妙又複雜，而且很有規則地動著。

就算我看不見，就算我聽不見，我的神經卻能持續不斷地感受到它的動靜。

在那裡的我是年幼孩童的模樣（——這是從外側看著那個狀況的我的理解），我穿著白色起縐的上衣，我不知道看不見的下半身穿了什麼。從外表看來，我不知道是男孩還是女孩。

紫色的**天空**——我不知道該不該這麼說——下面，孩童模樣的我獨自一人蹲在地上，淡漠地重複著相同的動作。

狹窄的淡褐色地面非常乾燥，一根雜草都沒有。不過地上卻有很多和地面顏色相同的石頭。

我撿拾著那些平凡無奇的石頭。

每顆石頭的大小幾乎一樣——大概是嬰兒的拳頭大——我以骯髒的小手撿起石頭，放進一旁的褐色紙袋裡。

我自己也不知道究竟為什麼要這麼做。我一點都不像個孩子地面無表情，宛如工廠生產流水線的作業員，淡然沉默，毫不停手地持續著行動。

一步一步，每踏出一步就發出聲音下沉的雪的觸感令我很開心。

到下一個冬天為止，大概沒機會穿了吧，我這麼想著，從衣櫃裡拿出褐色皮革外套，走出公寓房間，不撐傘地走在下個不停的雪中。

我走了幾十公尺後，回頭望向走來的路，感覺只有自己的腳印連成一條線從其他大量的腳印裡浮現出來。那條線從公寓出口連接到我腳邊，和接下來要從這裡再往前進的新腳印融合，彷彿要壓在我的背上。

因此我稍微加快了腳步。

在前往車站的路上，我差點滑倒了好幾次。冰冷的雪毫不客氣滲進鞋子內側，當我抵達車站時，腳趾已經要沒有感覺了。

明明快要中午了，雪還是絲毫沒有要停的樣子，依舊下個不停。我仰望天空，淡灰色雲朵覆蓋了整片天空，好不容易才在南邊角落看見微弱的太陽影子。

我在白色月台上等著電車。

和我一樣等著電車的幾條人影，毫無例外地穿著過季的冬季衣物，看起來都有些垂頭喪氣。宛如被飛舞在空中的雪花的魔力吸走了生氣一般。

異常寧靜。

我不禁覺得在車站前的馬路交會的車聲——其中不少都裝上了雪鍊——或是在小巷裡玩耍的孩子的聲音，也是構成這片寧靜的要素。

我在幾乎凍僵的雙手呵氣之後，從月台邊緣的鐵欄杆上挖起一團積雪，做了一顆雪球。

遠處的平交道的警鈴響起，轉眼之間下一個平交道，接著是車站旁邊的平交道，響起同樣音色的尖銳聲響……啊，電車來了。

我將硬邦邦的雪球丟向鐵欄杆對面的空地。

它在雪白的地面上無聲地滾動，瞬間就像融進雪裡似地看不見了。

不久之後，一旁的紙袋就裝滿了撿來的石頭。

我毫不遲疑地開始下一個行動。從紙袋裡將剛剛撿來的石頭一顆一顆拿出來，然後扔出去。

扔的方向不固定，不過都是從自己腳邊的淡褐色地面往外扔。而這些扔出去的石頭，都被吸進去包圍我的紫色某處。

不過雖說是「吸進去」，被吸進去的狀況也各有不同。

有的是發出喀啦喀啦的清脆聲響滾動到看不見，有的是沒有任何手感，就這麼被吞沒了。偶爾還會有消失在紫色的另一端後，不知道撞到什麼東西，又彈了回來的狀況。

我一直朝著四面八方扔石頭，直到袋子變空。扔完石頭後，我又再次開始收集石頭。

簡直就是（看起來）毫無意義的重複行為。

然而，我以年幼孩童模樣出現的我的心中，對於這種行為的毫無意義以及愚蠢絲毫不抱任何疑問和不安。在那裡的我什麼都沒想（也說不一定），這種行為的目的是什麼，（或許）根本就無所謂。只是單純，或者純粹持續這個（看起來）毫無意義的行為。

從地面撿起石頭，扔出去。撿起來，扔出去……反覆著這種行為的模樣就像是唱盤跳針般，會永遠持續著。地面上的石頭不管過了多久，看起來都沒有減少。

我下了電車，茫然地看著雪白的街景走了十幾分鐘……抵達大學校園時，雪已經停了。

這座古老大學的校園，在現在這個季節看起來比平常更要灰撲撲，更骯髒一些。但是今天託不合季節的純白雪景之福，換上了煥然一新的美景。

因為是星期六下午，在校內走動的學生和職員人數並不多。往常像是成群結隊的小動物並列在一起的腳踏車和機車，或許也因為這場異常的降雪，數量少得都能數得出來。

我緩緩走在延伸到操場後方的小路上。我避開他人的腳印，盡量踩踏在新的積雪上。

我半好玩地從口袋伸出右手去戳種在路邊的小株櫻樹的樹枝，樹枝上的積雪嘩啦啦地掉了下來。其中可能也混了冰凍的櫻花花瓣。雖然是我所預料的反應，不過我立刻就對自己的行為感到不好意思，刻意加快了腳步。

我和她約好下午一點見面。

再次伸進外套口套的右手握成拳頭，手心微微滲出冷汗。露在外面的臉頰感受到的冷風，不知為何在那個瞬間，好像是來自別的世界的存在。

再往前走一陣子後，可以看見前方有棟老舊的三樓校舍。牆壁到處都貼滿了各種社團的招生海報。經過了長久的歲月，水泥牆壁已經完全髒掉變得污黑，和周圍的雪景相比，看起來就像是一道影子。

當我經過那棟校舍時，或許是我多心，附近某處的某物不停發出討厭的聲音。我擔心骯髒的建築物牆壁，將會像拼圖碎片一般碎裂，隨時都會剝落，再次加快了腳步。

不久後，我終於抵達和她約好的地點——大學附屬圖書館，歷史悠久的紅磚建築物。

從口袋中右手拳頭裡滲出來的汗水，這時變得黏黏的，甚至讓我覺得從剛才開始就愈來愈多。

怎麼回事，我有點在意。

這個簡直就是……

只要伸手出來看一下就知道了，只要這樣就可以——當我要下定這樣的決心之前，我踏入了圖書館。

我稍微提早抵達，但是她已經在大廳了。她一看到我，就開心地揮著手跑了過來。

「嗨，等很久了嗎？」

我這麼問她。

「我也是剛到而已。」

這麼回答的她，一對黑白分明的大眼可愛地轉動著。她是這所大學文學部的學生，今年的聖誕節前夕滿二十歲，是我社團的學妹。對了，她叫由伊。

「雪下得好誇張喔，早上起來嚇了我一大跳。為什麼這時候會下雪呢？」

她從白色牛角外套的口袋裡拿出手套，是水藍色的毛手套。從肩膀垂下了同色系的長圍巾。

我們一起走出去。

「傘呢，你沒帶嗎？」

「——嗯。」

「一直下到剛剛耶，你太厲害了。」

「我以為可能很快就會變小了。而且……」

「怎樣？」

「我有點睡傻了，一起來就立刻出門了。」

「你昨天很晚睡嗎？」

「——嗯，這陣子的生活節奏完全亂了。」

「不行，你老是不注意健康。」

「——嗯。」

我們並肩走了一會兒，她戴著手套的右手繞著我的左手腕。我還是將兩手放在口袋裡，此時我發現緊握的右拳裡的觸感顯然和方才的冷汗完全不同。是某種冷冰冰，無機的……

……這是什麼？

我從口袋裡抽出右手，好重，裡面有什麼。

我屏氣凝神地緩緩張開手掌。

那是嬰兒拳頭大小的淡褐色石頭。

撿起石頭扔出去。

（看起來）毫無意義的重複，我臉上毫無疲憊之色，不斷持續著，然而……是第幾次——不，是第幾十次、幾百次的時候？我以掌心一片烏黑的小手要抓起袋內最後一顆石頭——累積起來不知道是第幾百個，或是第幾千個——往正面遼闊的紫色空間用力扔出。接著又為了開始收集石頭的作業，再度蹲下，就在這個瞬間，發生了「異變」。

無法分辨是機械摩擦聲還是動物吼叫聲的異常聲音，霎時轟然響起。當我這麼想的時候，超乎想像的巨大壓力壓向我，我蹲著的淡褐色地面瞬間消失，全部被紫色——而且是比之前更加濃重陰暗的紫色——給吞噬了。

到底發生什麼事了？

不管我正在思考，我的身體脫離了我的意識，仰躺著浮上半空中。在這期間紫色也持續地變深變濃，不久就變得和黑色沒有任何差異，但是——

我已經無法以視覺確認映在眼中的東西的顏色和形狀，而是以壓在全身的「壓力」本身，來感受某種事物的色彩和形狀。

驚人的「壓力」接下來變成了狂風，沒有任何衰退的跡象，反而靠著加速度增加了力道。

彷彿要徹底壓縮我的身體，讓它變形，最終消失一般。

一股接近恐懼的激情襲擊了我。

我瘋了。

秩序崩潰了。

有什麼壞了……不，是什麼**被破壞**了，而且——

破壞那個什麼的一定是……對，一定是我扔出去的最後一顆石頭。

我不自覺停下腳步。

「怎麼了，你表情好奇怪。」
她驚訝地這麼問我。
「不，沒什麼……」
我無法隱藏困惑，從她的視線移開目光，接著將右手的石頭扔到小路外面。
石頭陷進雪裡，立刻就看不見了。
「你今天有點奇怪。」
「是嗎？」
「感覺沒什麼精神。」
「我很好。」
我心不在焉地回應她。
她的手繞著我的左手腕——不知何時放在口袋裡的拳頭手心也出現了冰冷的無機觸感。我若無其事地走著，再次將右手放進口袋。
「喂，你剛剛丟了什麼東西？」
她再次訝異地問我。
「石頭而已。」

我粗魯地回答她——對，那是石頭而已，只是石頭……

我們走著的小路左邊是沒有任何腳印、一片雪白的操場，盡頭是一片水泥磚砌起來的界線，宛如用骯髒的圖畫紙貼上的一片平板的灰色天空。

「已經不會再下雪了嗎？」

她這麼說，雙頰凍得發紅。

「反正這種雪景持續個兩三天也不錯。」

「——嗯。」

口袋裡的右手又生出新的異物。我伸出手攤開一看，手心上有個嬰兒拳頭大小的淡褐色石頭。

我不自覺停下腳步。

「怎麼了，你表情好奇怪。」

她驚訝地這麼問我。

「不，沒什麼……」

我無法隱藏困惑，從她的視線移開目光。更用力地將右手的石頭扔向遠方。

石頭越過鐵絲網飛進操場，在純白的地面上化成一個褐色的小點。

「你今天好像有點奇怪。」
「是嗎？」
「感覺沒什麼精神。」
「我很好。」
我心不在焉地回應她。
我若無其事地邁開腳步，再次將右手伸進口袋裡。
「喂，你剛剛丟了什麼東西？」
「石頭而已。」
「不，我覺得不是。」
「——咦？」
她看著側首不解的我，嬌豔的雙脣忽然綻放出妖異的笑容。
「我想你剛剛扔出去的，大概是你左邊的鎖骨吧。」
口袋中的右手有股冰冷無機的觸感。我伸出手，好重，攤開手掌一看，是個嬰兒拳頭大小的淡褐色石頭。
我不自覺地停下腳步。

「怎麼了，你表情好奇怪。」

她驚訝地這麼問我。

「不，沒什麼……」

我無法隱藏困惑，從她的視線移開目光，然後將右手的石頭往前扔了出去。

石頭命中路邊的小株櫻樹的樹枝，一團積雪隨之掉落。

「你今天有點奇怪。」

「是嗎？」

「感覺沒什麼精神。」

「我很好。」

我心不在焉地回應她。

我若無其事地邁開腳步，再次將右手伸進口袋。

「喂，你剛剛丟了什麼東西？」

「石頭而已。」

「不，我覺得不是石頭。」

「——咦？」

她看著側首不解的我，妖豔的雙唇忽然綻放出妖異的笑容。

「我想你剛剛扔出去的，應該是你的右眼眼珠吧。」

口袋中的右手再度生出新的異物。我伸出手攤開一看，是嬰兒拳頭大小的淡褐色石頭。

我不自覺停下腳步。

「怎麼了，你表情好奇怪。」

她驚訝地這麼問我。

「不，沒什麼……」

我無法隱藏困惑，從她的視線移開目光，然後將右手的石頭高高地扔到小路外面。石頭撞上校舍漆黑的水泥牆彈了回來，被我腳邊的積雪埋住了。

「你今天有點奇怪。」

「是嗎？」

「好像沒什麼精神。」

「我很好。」

我心不在焉地回應她。

我若無其事地邁開腳步，再次將右手放入口袋。
「喂，你剛剛丟了什麼東西？」
「石頭而已。」
「不，我覺得不是。」
「——咦？」
她看著側首不解的我，妖豔的雙唇忽然露出妖異的笑容。
「我想你剛剛扔出去的，應該是你左邊的腎臟……」

我已經失去了所有可以稱為肉體的部分。視覺、聽覺、嗅覺、味覺、觸覺——也喪失了稱為五感的，所有理所當然的知覺。

這個空間包覆著變成這樣的我，不久後開始像是某種生物般地激烈扭動著。往上往下，忽左忽右，接著更是朝著各種方向激烈搖晃，讓我幾乎無法感知到三次元的感受。簡直就像……對，死前苦悶的呻吟。

束手無策的我，只能以僅存在於自己意識內的雙手抱著雙腿，整個身子縮得小小的，就像浮在羊水中的胎兒一般。

然而另一方面——

我的意識本身如今卻和身體相反，開始急速膨脹（或是擴散）。

我變得愈來愈寬廣。

沒有盡頭地寬廣。

瘋狂的、失去秩序的、壞掉的、被破壞的……**那個**，此刻嘗試要取回自己應有的模樣，才會如此痛苦喘息也不一定。這樣的話，那我必須要知道，必須盡其可能，直截了當地以這個意識去感知那個原原本本的模樣。因此……

我將宛如細胞增殖一般，不斷從手中長出來的石頭，丟向四面八方。在雪白的操場上刻出褐色斑點花紋，打破校舍的玻璃，擊落冰凍的櫻花花瓣。背後傳來某人的尖叫聲。從她的臉孔噴出鮮紅的血液。手中又出現新的石頭。我盡可能地不停扔出石頭。

……不論如何寬廣，都無法有任何感知。

任何「形狀」、任何「顏色」、任何「聲音」、「味道」……就連氣息也無法感覺到。什麼都沒有的黑暗空間……不，就連「黑暗」也無法形容這個狀況，或許就連「空間」這個概念也已經不存在。

不管去到哪裡，什麼都沒有。

一切都已經結束了。

但是只有一個確實（應該）在這裡的我的意識（我所理解的這個東西），被巨大的罪惡感呵責著，開始了激烈收縮。

我愈縮愈小。

毫無止境地縮小。

即使回到原來的「場所」、原來的「大小」和「密度」，收縮也始終持續著……

因此，我不容分說地理解到了一件事。一個終焉與一個誕生，單純又殘酷的因果意義。

布滿整個天空的雲層出現裂縫，黃色的太陽小心翼翼地窺伺下界。

我的右手不斷生出新的石頭，而同樣放在口袋裡的左手拳頭，從剛剛開始就一直有著某種冰冷無機的觸感。

我輕輕揮開她繞著我左腕的手，緩緩從口袋裡伸出左手。攤開一看，果然還是嬰兒拳頭大小的淡褐色石頭。

我不自覺停下腳步。

「怎麼了，你表情好奇怪。」

她驚訝地這麼問我。她的兩頰已經被額頭傷口流出的數道鮮血染成一片血紅。

「不，沒什麼……」

我藏不住困惑地欲言又止。這時，我忽然起心動念，將左手的石頭拿給她看。

「這個是……」

我下定決心問：

「這個是我的什麼？」

「喔，這個啊……」

她看著我，鮮血淋漓的臉孔上的鮮血淋漓的雙脣，忽然露出妖異的笑容。

「那個大概是你的……」

平靜說出**答案**的她——她的名字，對，是由伊。和二十二年前的這個季節，生下我便立刻離世的母親同名……啊啊，為什麼會在這裡想起這種事，為什麼事到如今，我必須想起這些事？

我將左手的石頭換到右手，使盡全身力氣朝著雲層的裂縫扔去。石頭擺脫重力束縛，高高地飛上天去，不久便消失在灰色天空的彼端。

「你今天好像有點奇怪。」

「是嗎？」

「我沒事。」

我心不在焉地回應她——就在這時候。

一道清脆的聲音，同時也隱含著令人感到不祥、使人厭惡的音色，從遙遠的某處傳了過來。

我立刻抬頭仰望天空，我發現了。從雲層裂縫露出臉來的太陽，如今碎成了粉末。

「……啊，下了。」

渾身是血的由伊伸開雙手，天真爛漫地歡呼著。

又有東西稀稀落落地從寒空中落了下來。那是剛剛碎裂的太陽碎片，然而在我眼中，它們看來就是滴著暗紅色血液的淒慘肉片。

洗禮

初次發表——《GIALLO》二〇〇六年秋季號，二〇〇七年冬季號

收錄在《推理大師的惡夢》（一九九九年出版），以「我＝綾辻行人」為主述者的一系列本格推理（變化球）的連作短篇，我是打算在第五話〈意外的犯人〉結束的。我不得不打破這個誓言寫下這篇中篇，則是有理由的。這篇作品出現的背景，就是我在作品中寫下的「現實」。

這陣子的我就像瀕死的甲蟲一般，活動非常遲鈍。不只是肉體，就連精神也遲鈍到令人生厭……我之所以想這樣寫下，是因為我過去曾經經歷過和此刻相同的狀態。我有這樣的記憶。

我的大腦血管流著甜膩的紅色糖水。身體各處的肌肉不知何時成了飽含水分的海綿，手腕和雙腿像是脆弱的鐵絲扭成……對——對了，我記得當時的我也是同樣的狀態。不過我雖然記得，但那到底是什麼時候的事情？

我試著搜尋記憶，不過無法順利地想起來。我的精神狀態實實在在地成了遲緩的瀕死甲蟲，都是因為……

一九九八年的……

我慢吞吞地抓住忽然緩緩上浮的言語碎片。

一九九八年的十二月。

迎來不怎麼令人高興的三十八歲生日的那天晚上……

啊，對了。

那天晚上，我的確陷入了和現在同樣的狀態，然後那個令人討厭的青年——U君久違地忽然騎著機車現身……

……對，就是這樣。

那已經是將近八年前的事情了，我無法馬上想起來也是無可奈何。

我本來就不是記憶力特別好的人，過了四十歲，我也自覺到這個狀況愈來愈嚴重。我認真地擔心自己或許是早發性失智，還去醫院接受了腦部檢查，結果沒有任何異常。我只能告訴自己，只要上了年紀，不管是誰多少都會有這些問題，然而——

像是瀕死的甲蟲……的狀態，終究也不是什麼好事吧。

該做些什麼吧，不能做些什麼嗎，得做些什麼吧……愈是這麼想，身心便更加遲鈍，於是更焦慮起來。焦慮令我焦躁，焦躁轉化成憂鬱，每當我察覺時，自己總是毫無意義地在嘆氣。

這樣不想和人交流的日子持續了一段時間，那是二〇〇六年的夏天——八月三日的事情。

＊　＊　＊

雖然老是在講一些喪氣話，不過回顧這幾年的工作內容，我也覺得自己交出了一張相當不錯的成績單。

兩年前的秋天，執筆時間橫跨兩個世紀的大長篇，終於能夠以我自己滿意的型態完成。達成和出道以來一直很照顧我的前K談社編輯U山先生（去年春天退休）的約定，今年三月在他企劃的書系「推理王國」出版了新作。和新作執筆時間並行，與佐佐木倫子女士合作的推理漫畫[3]連載也已經結束，下集也在前陣子順利出版……

今年前半年，我感覺到了各種意義的「告一段落」，除了有某種成就感之外，趁著這股氣勢，我開始在K川書店的某本小說月刊雜誌，連載新的長篇作品。

另一方面，和我自身情況完全無關，今年前半年也發生了數件令我感到「告一段落」的事情。

3. 指《月館殺人事件》。

像是，對，長久以來可以說是「新本格」基石也不為過的K談社推理雜誌《M》[4]停刊（據說明年會以新的型態復刊），圍繞著東野圭吾先生的某部作品，在某處發生的一連串爭議。關於笠井潔先生近年來頻繁提出，所謂的「脫格系↓X」問題。以這些事情為發端，開始流傳開來的「本格推理危機之年」、「『第三波』的結束」等等說法……不知道事情為什麼會變成這樣，本格推理界（我對這種稱呼方法感到有些抗拒）也確實飄散著不太安穩的空氣。

但是老實說，這些事情對如今的我來說，根本毫無意義。

不管哪種「危機」降臨，本格推理也不會消滅（這麼說來，上個世紀末也流傳著「謝頓危機」[5]或是「寒武紀」之類的字眼），就算「第三波」結束，本格推理的潮流也會留下。即使將來「本格推理作家俱樂部」解體，寫本格推理的作家也不會就此消失。這樣就萬事ＯＫ……了吧。

不管怎麼說，我這陣子就是瀕死的甲蟲。

雖然不至於完全不想，我並不打算皺著眉頭思考談論這一些問題。因為要是勉強自己去想這些事，精神就會發出超過負荷的慘叫，這樣一來，我就會覺得自己立場如何，根本無所謂，這樣也很困擾。

說到底，我究竟為什麼會在這個關頭陷入這樣的狀態？關於我自身的「告一段落」，照理說本來應該會比平常時候更為興致高昂才對，在現在這個時期……

「……唉。」

一回過神，我又嘆了短短一口氣。我以陰沉的情緒，這次刻意深深嘆了一個長氣，閉上雙眼，腦中忽然浮現了某種光景。

瀕死——不，說不定早就死亡的巨大甲蟲，以及聚集在牠旁邊無數的紅色蟻群。

這是什麼？為什麼……會這樣？

我感到強烈的疑惑時，內心某處響起微弱的聲音。

——你忘記了嗎？

——真的忘記了嗎？

忘記了？是的……說不定真是如此。

4. 推理雜誌《梅菲斯特》，目前為電子版季刊的形式持續出版。
5. 艾西莫夫的「基地」系列中的偉人哈里·謝頓所預視到的人類發展過程中的危機。

這幾年來，我的記憶力愈來愈衰退，所以就算那真的是什麼大事，我也早就……

——不，不是的。

那道聲音變得更大聲。

——應該不是那個問題吧。

＊　＊　＊

玄關門鈴響起。我筋疲力盡地從沙發起身，順便看了一眼牆上的時鐘，即將晚上八點——才這個時間？我不知為何有種已經過了午夜的感覺。

我從附有螢幕的對講機應答——但是螢幕畫面上沒有看見人影，喇叭也沒有傳出聲音。

「請問是哪位？」

我開口問道，也沒有任何回應。

是有人按錯了嗎？或者是我太晚應答了？

我走出去查看。

我走到門外迅速環視一圈，可是沒有任何人影，但是剛才確實有人來過。大門前留有一個可能是那個人放的東西。

那是一個大型牛皮紙信封。

上頭沒有住址，也沒有收件人名字，當然也沒有貼郵票。看起來不是郵差送來，而是某人親自放在這裡的，但是那人有何目的？而且裡面又是什麼？

莫非是什麼危險物品？我一瞬間起了疑心——

我撿起信封，當場確認內容物。

首先是一封信。

是以鉛筆在白色直行的便箋上寫成。上頭是無論如何也稱不上好看、四四方方很有特色的字體。

我對這個筆跡有印象。到底是何時在哪裡看過的？我側首不解，直到看到了文章最後的「U上」。

「是U君啊，好久不見了。」

因為完全出乎我的意料，我不禁自言自語了起來。將近八年前的那個隆冬夜晚，忽然出現在我工作室的那名青年的臉孔，模糊地浮現在腦海。

「既然都來到這裡了，怎麼不進來一下呢……」

綾辻先生

我找到了令人懷念的東西。

我心想你可能會覺得討厭，不過還是將東西送去給你。很有可能你早就忘記了，不過這也是沒辦法的事。

但是，機會難得，所以……

在現在這個時候，**這個東西**或許有著某種意義吧。所謂的偶然大概都是這麼回事。

U上

信封裡，除了這封信之外，還有一本筆記本。以幾十張稿紙裝訂成冊，封面以黑色墨水寫著大大的「洗禮」。和信件的字體不同，是頗為優美的楷書。

「嗯，這個是……」

我歪著頭，緩緩地回想多年前的記憶。

這個應該是和以前某個時候一樣，U君為了「挑戰」我所寫的「猜犯人」的原稿吧——不，可是從附上的信件內容看來，似乎並非如此，所以這到底是……

今晚的他，大概也是和以往那幾次一樣，騎著機車過來的。戴著一如以往的奶油色綠條紋的安全帽。因為是這個季節，所以他應該不至於穿著那件我很熟悉的厚重皮夾克……啊，可是就算是這樣——

把東西放著就立刻回去的行動，該怎麼說，很不像我認識的他——U君。

我忽然這麼覺得。

＊　＊　＊

我坐回客廳的沙發，立刻從信封裡取出筆記，總之先翻開第一頁。

有些泛黃的稿紙，有些褪色的黑色墨水——

大大的〈洗禮〉這個篇名，橫跨了稿紙的第一和第二行，接著下一行下方寫著四個字的作者名字——然而，不知道為什麼只有那裡的墨水暈得非常嚴重，完全看不出來寫了什麼。若是以鉛字來表示，大概只能標成■■■■吧。

洗禮

■■■■

「洗禮——嗎？」

我低語著，現在才想到要皺起眉頭。

不用說，這是我從以前就一直將他當成「心靈導師」景仰的棋圖一雄老師的驚世巨作的標題。這該說是野心勃勃，還是不知天高地厚……

我接著看正文，小說的第一句話是這麼寫的。

一九七九年的十二月。
那天對我而言，是永生難忘的苦難之日。

一九七九年，是距今遙遠的二十七年前，正好是我進大學的那一年。

在別具意義的十二月十日這一天，「我」究竟經歷了什麼「苦難」？——這瞬間我只有這個感想，**所以至少這個時候**，我還不知道〈洗禮〉這篇作品的內容。這裡刻意加粗的條件句，是因為無法否定「本來知道，只是現在忘記了」的可能性——對了。

上一次，U君來訪時，他讓我看了《意外的犯人》那部電視劇的錄影帶……直到剛剛我幾乎不記得的一九九八年十二月那個晚上發生的事情，此刻栩栩如生地在我腦中復甦——雖然很荒唐，不過或許真的就是「所謂的偶然，大概都是這麼回事」。

* * *

洗禮

一九七九年，十二月十日。

對我來說，那天是永生難忘的苦難之日。

總之，那完全是我的初體驗——

我將準備好的「登場人物一覽表」和「現場平面圖」影本，發給前來集合的所有人，不用說，我當然緊張得不得了。

「K大學推理小說研究會第六十七次猜犯人集會」——接下來即將開始。

研究會每週一會借教養學部的教室召開例會，通常每月會舉行一次「猜犯人」的活動。會員會輪流「出題」，當場朗讀題目，參加者則會在出題者公布答案之前參與挑戰——簡單來說，就是推理小說愛好者傳統的遊戲。但是就連像我這樣今年才入會的新生，也會輪到出題。輪到的話，也不能拒絕。無論如何都一定要寫出一篇作品，完成任務才行。這是研究會創設以來的嚴格規定。

當所有人都拿到影本後，我在講台邊緣的椅子坐下，故意咳了一聲。接著從背包裡拿出幾十張稿紙，放在膝蓋上。

我環顧聚集在教室裡的所有會員，全部十二人。他們不理會緊張的我，不停高聲談笑著。

我從小就喜歡推理小說（所以才會在大學入學的同時參加這個研究會），也對於參與這種遊戲樂在其中，然而一旦輪到自己站在出題者的立場時，事情就完全不一樣了。

總之這是我的初體驗。

我感到巨大的壓力。

我的心跳從剛才就開始加快，或許是多心，但我感到稍微胃痛。

我熬了一夜費盡心力才寫出這份原稿，可是這種程度的「問題」，可以騙過在場的推理小說研究會的「鬼」嗎？我非常不安，從某個角度來看，甚至陷入了恐懼。

可以的話，我想立刻向所有人道歉後，當場逃走——我拚命壓抑這股衝動。

「那麼……」

我開口說：

「差不多可以開始了嗎？」

嘈雜的空氣瞬間安靜下來，所有人同時看向我。

我深呼吸幾次，讓自己冷靜下來，然後緩緩開始朗讀原稿。

YZ的悲劇

【登場人物一覽】

萬聖節我猛（＝我猛大吾）……搖滾樂團「YELLOW ZOMBIES」成員

主唱。敘述者＝「我」

憤怒大友（＝大友英介）……同右 吉他手

哨兵咲子（＝河田咲子）……同右 貝斯手

惡神高松（＝高松翔太）……同右 鼓手

螳螂關谷（＝關谷究作）……同右 鍵盤手

蘿絲瑪麗西（＝西彩未）……「YELLOW ZOMBIES」經理

池垣勇氣……未來酒場「魅影」店員
美川宮子……同右
仲田虫雄……「魅影」客人
若原清司……同右
古地……負責本案的警部

1

「大家好，我們是『YELLOW ZOMBIES』。」

非常老套的開場白，不過我也想不到其他說法。

開場當然是喬治．A．羅梅洛[6]的《活人生吃》，我們大膽改編這部電影的主題曲（BY GOBLIN[7]）為演奏曲，但是一開始就糟糕透頂——

吉他手憤怒大友鬧著彆扭，老毛病發作，自顧自地開始速彈。唉，真是的，所以我才說不要演出了。

「喂喂，喂喂！」

鍵盤手螳螂關谷，咬牙切齒地瞪著大友。

「開始下一首吧，下一首。」

鼓手惡神高松以鼓棒打著拍子，開始第二首。

大和大學的學園祭——因為是十一月舉行，所以稱為「霜月祭」（不知道為什麼大家都叫它「漂流祭」）——今天是第一天。

我們「YELLOW ZOMBIES」的五個成員，同樣都是這所大學的未來人間學部的一年級生。

漂流祭期間，由各種有志之士聚集起來，一起在學部教室開了一間小小的Live House，我們此時正在演出中——

6. George Andrew Romero（1940-2017），美國電影導演，以《活死人之夜》（Night of the Living Dead，1968）成為殭屍電影的開創者。下文提到的《活人生吃》（Zombie，1978）是他的代表作之一。

7. GOBLIN，義大利樂團，為六、七〇年代的義大利恐怖電影貢獻許多精采配樂。

對我們而言，最後一天的戶外演出才是這次的重頭戲，在這裡的演出算是排演。不過即使人數不多，我也知道大家在觀眾前演出時，會變得非常僵硬。

第二首是原創曲〈FESTIVAL OF THE LIVING DEAD〉，在這首像是拷貝GOBLIN名曲〈PROFONDO ROSSO〉變節拍的長前奏的期間，我放下手上的吉布森SG（便宜的國產拷貝版）站在舞台中央的麥克風前。我這才稍微冷靜下來，我的本職是主唱，老實說我不怎麼擅長吉他。

關於第一首曲子，是因為大友說要替音色增添厚度，無論如何都需要多一把吉他，所以我才拿著。而且他還要求我不是彈普通的和弦，而是開放G和弦。我有點沒把握，不過試著一彈，沒有花太多力氣，就彈出了效果很好的音色——雖說如此，不過唱歌的時候，我還是盡量不想拿多餘的東西。這是我的習慣。

觀眾席上響起誇張的口哨聲，大概是椿腳吧。

「我猛同學！」

女孩子的尖叫聲，這當然也是椿腳。因為舞台燈光太強，我看不清楚，不過剛剛那一聲一定是YZ的經理，西同學的聲音。

我們得意忘形叫她經理，還替她取了蘿絲瑪麗西的通稱，不過她實際上算是樂團的吉祥物。

她很勤快地來看我們練團，有演出時一定會來替我們加油……非常令人感激。而且她就像《坐立不安》[8]的潔西卡・哈波一樣，是個惹人憐愛的美女。不是狄帕瑪的《天堂魅影》裡的潔西卡，而是阿基多的《坐立不安》，這點很重要，後者的潔西卡完全是我的菜。因此，當她第一次以貝斯手哨兵咲子朋友的身分現身練團室時，我記得一股熱氣直衝腦門，把歌詞唱得亂七八糟。真要說的話，就是一見鍾情吧。

雖說是樁腳，不過那可是西同學的加油聲啊。正當我想接下來得拿出看家本領時……鼓手高松完全搞錯節奏，大友臉色立刻沉了下來。

唉，真是完全不行。正式演出中居然是這種氣氛……太糟糕了。

羅梅洛的《活死人之夜》最棒了！我們五人因此意氣相投，組成了YZ，至今差不多將近半年。可是這兩人最近很不對盤，真令人傷腦筋。

8. Suspira，由達里歐・阿基多執導在一九七七年上映的義大利恐怖電影，其中的音樂和美術設計，以及詭譎的氣氛對後世恐怖電影有巨大影響。潔西卡・哈波（Jessica Harper，1949-）則是本片主角。下文提到的《天堂魅影》（Phantom of the Paradise，1974）則是哈波參演，布萊恩・狄帕瑪導演的風格特殊的恐怖電影。

鍵盤手關谷瞄著他們，拚命跟上節奏。這種時候，最冷靜沉著的人便是咲子，她像要掩護高松的出錯，迅速地抖動肩膀表現出輕快的節奏，手指在四條弦上用力地躍動著。出色的表現，讓人難以想像她是女性貝斯手。

「咲子！」

「高松！」

如今兩人的關係早已是公開的秘密，從觀眾席各處傳來了挖苦的聲音。

大友擅長的即興開始和歌曲穩定搭配，鼓點也配合得剛剛好──很好、很好。

大家終於恢復正常，拿出真本事了。

2

ＹＺ是第一天的壓軸。

一小時左右的演出結束，觀眾都離開之後──

開燈一看，扣掉以講台拼湊起來的舞台，以及ＰＡ和照明器材，這裡不過是和平常沒有任何差別、煞風景的教室。

我沉浸在相對應的充實感和無力感，疲憊不堪地坐在角落，趴在桌子上。因為一直處在巨大的聲響當中，耳鳴還殘留在耳邊。

「辛苦了。」

「辛苦了。」

我聽到了幾句工作人員互相交換的慰勞字句，也聽到了幾個無聊笑話和笑聲。遠近交替的腳步聲。檢查樂器和器材的聲音。不知道是什麼的噪音、噪音、噪音……

……有人搖我肩膀，我醒了過來。

「我猛同學，你該起來嘍。一直在這裡睡的話，會感冒的。」

我心跳加速。

這個聲音……

我抬頭一看，潔西卡．哈波——不，西同學的大眼睛正在看著我。

「啊……其他人呢？」

「大家都去二樓『魅影』開喝了。」

房間裡沒有其他人。我望向舞台，鼓組、鍵盤、放大器之類的器材都已經放在明天要用的位置上，只有我的吉他——吉布森ＳＧ（便宜的國產拷貝版）插在一個放大器上，孤零零地留在那裡。

嗚嗚，真是一群無情的傢伙，至少叫我一聲吧。

「我剛剛也在樓上，不過還是想說應該來叫你一聲。」

我確實聽到了有人說：「他累了，讓他睡一下吧。」

「嗯……現在幾點了？」

我也瞄向自己左手腕的手錶，開口問她。

「差不多快八點半了吧。」

西同學回答。

「咦，已經這麼晚了？」

「對，這麼晚了。」

這麼說來，我少說在這裡睡了至少兩個小時以上——怎麼回事，我真的那麼累嗎？

「剛剛的演出太棒了。」

西同學像是要安慰緩緩地搖著頭的我，對我這麼說：

「特別是第四首的〈海邊的雷射臉〉，還有最後一首〈渾身是血的殭屍的秘密祈禱〉最棒。兩首歌的歌詞都是你寫的吧。」

「啊？嗯，是的。」

「你居然可以想到那麼奇怪的歌詞。」

「呃……謝謝。」

「不過一般的觀眾不太能接受呢，但我滿喜歡的。」

「嗯……」

這時候，我忽然下了一個重大的決心。如果繼續下去的話，故事就沒辦法在規定的張數裡結束了……不，不是這樣，「我滿喜歡的」，她的這句話正中了我的紅心。

「呃，那個……西同學。」

我站起來，盯著似乎帶著些微憂鬱的西同學的雙眼。

「呃，那個，我從之前就一直……那個，我……」

我很認真，然而怎麼樣也無法順利說下去。

「我猛同學，是很認真的人呢。」

西同學視線落在腳邊，說：

「演出也是如此。因為是表演那麼誇張的搖滾樂，所以MC也必須表現出那種搖滾的模樣。可是，你只要一開口，總是那麼客客氣氣的。稱呼男性朋友，也都加上『同學』……」

嗯，確實如此——我只能點頭同意。雖然樂團成員也老是嘮叨這一點，可是或許是我與生俱來的性格，怎麼樣也改不掉。

「我覺得這樣的你，也很好……可是，我……」

西同學還是看著腳邊。

「我其實有交往的對象了。」

她接著說：

「所以呢，那個……」

「啊、呃……是、是嗎？」

我拚命隱藏內心劇烈的衝擊，露出了不成微笑的微笑。

「不……嗯，好，妳不用在意，我只是……」

「對不起。」

西同學這麼說完，露出宛如菲尼克絲看著哀傷的溫斯洛．瑞奇[9]的眼神，對我低下了頭。

3

正好這時候，店裡播放的曲子是井上陽水的〈**往東往西**〉——在名叫「未來幻想研究會」的社團通宵經營的「未來酒場——魅影」的一角，老實說，我已經醉到不行。

「什麼蘿絲瑪麗西啊，什麼跟什麼，明明比起潔西卡．哈波，就更像米雅．法羅啊。到底是誰說的啦，一點都不像啊，真是的……」

店內已經沒有YZ的成員。

當我宛如殭屍一般地走進店裡，一言不發地開始喝起悶酒時，惡神高松和哨兵咲子已經不在店裡，沒多久螳螂關谷說「我先回家一趟，晚點再來。」後便離開

9. 菲尼克絲和溫斯洛．瑞奇是《天堂魅影》的主角。

了。然後我喝了一陣子後，對著憤怒大友不停抱怨自己被甩了。大友也醉到不行，口齒不清地說著「同伴、同伴」之類的，沒多久就趴在桌上陷入沉默。然後十五分鐘前忽然開口說：「我出去冷靜一下。」踉踉蹌蹌地走出店外。

時針現在指著十點十分。不知道該說店家是故意的，還是很會看氣氛，不知何時背景音樂變成了GOBLIN的〈SUSPIRIA〉。

我明明酒量也沒多好，卻狂喝了好幾杯摻水威士忌，我這時候開始覺得很噁心——不行、不行，再這樣喝下去，我一定會宿醉，根本沒辦法演出。

喝完這杯，就出去吹吹晚風吧——我還算冷靜地這麼思考。

「可惡，那種女人被殭屍吃了算了。」

不過卻口吐惡言，真糟糕。

4

這時候也是十一月下旬了。

因為喝了很多，所以我不怎麼冷，但是吐出來的白色氣息則明白顯示冬天已經到來。

我在大學校園晃來晃去的時候，碰到一對感情很好地挽著手的男女。當我感到自卑地想要移開視線之際——

「喔，這不是我猛嗎？」

是認識的人聲音。這對男女不是別人，正是高松和咲子。

「你已經要回去了嗎？」

咲子這麼問我，我疲倦地搖搖頭。

「呃，我喝得有點多了……為了醒酒，所以在這個孤獨的夜裡稍微散步一下。」

「是嗎，那明天見嘍。」

我每次看到都覺得他們真是天生一對。

高松比矮個子的我高了差不多二十公分，是個運動型的爽朗美男子。依偎在他身邊的咲子，和她在舞台上的激烈演出不同，是個熱心付出又嫻淑的和風美人——我現在也沒有那麼在意，不過為什麼這麼漂亮的兩個人會這麼著迷《活人生吃》呢？而且高松鬧著玩取的藝名居然還選了「惡神」。至少也該選個「天魔」還是

「鬼屋」，若是稍微換個路線，《觸手》[10]（雖然也是很偏門的作品，不過我其實還算喜歡）也是不錯的選擇啊……

和他們擦身而過後，我回頭看著他們的背影，不知不覺嘆了口氣。連我都知道自己渾身酒臭味，不禁鬱悶了起來。

我發現長椅，所以坐了下來。

仰頭一看，夜空似乎被雲朵覆蓋，看不到任何星星。

——其實我有交往對象。

明明不想想起來，西同學的話卻在耳邊復甦。

——所以，呃……

對象到底是誰呢？明明至今都沒有聽過類似的傳聞。

——對不起。

她真的有交往對象嗎？該不會是因為我唐突的告白，才想出這個藉口吧。

愈是要自己不要想，就愈是一直想著她。看來我比我自己至今為止以為的更喜歡她——嗯，我應該要乾脆放棄嗎？若是用老套的說法，那就是女人也不是只有西同學一個。有《月光光心慌慌》的潔美．李．寇蒂斯，也有雖然有點嚇人，《深夜止步》[11]的達莉雅．妮科羅蒂[12]。不，還是說我仍有一絲希望呢……這樣那樣，當我耽溺於毫無建設性的思緒時，酒也醒得差不多了。我看了一眼手錶，十一點半。離我出來已經超過一小時了。

好吧，差不多該回去「魅影」了，接下來就只喝無酒精飲料吧。

當我這麼決定起身後，瞬間覺得非常寒冷。

5

當我回到未來人間學部前面時，我先停下腳步，打了一個大大的呵欠，同時用力伸了個懶腰。

眼淚讓我的眼睛有些模糊，眼中映出建築物的正面入口。我正前方右手邊的窗戶全都敞開，是用來當成Live House的教室的那一邊。演出結束，客人離開後，

10. Tentacles，一九七七年美義合拍的動物恐怖電影。
11. Profondo Rosso，由達里歐．阿基多執導於一九七五年上映的義大利驚悚電影。
12. Daria Nicolodi（1949-），義大利演員、編劇。

是為了換氣所以就放著不管嗎？要說粗心，也的確是粗心……嗯，算了。

「魅影」是在二樓的教室營業，和我正前方左手邊——一樓的Live House的另外一邊。這棟鋼筋水泥四層樓、小巧的老舊校舍，只有「魅影」的窗戶流洩出光芒。

我走到「魅影」，哨兵咲子坐在入口附近的桌子。

「咦，高松同學呢？」

「啊，剛剛碰到你之後，他就說去一下輕音社的社辦……」

我們五人之所以會認識還組團的契機，就是我們加入了輕音社這個全校性社團。然後在迎新活動時，我們聊了很多恐怖電影的話題，這才發現五個人都是未來人間學部。高松在輕音社裡還參加了另一個樂團，大概是去那邊的討論吧。

「咲子同學在這裡多久了？」

「大概半小時了吧。」

「沒看到其他人？」

「沒看到啊——啊，對了，聽說我來之前，彩未好像在這裡。」

「彩未」指的是西同學，「西彩未」是她的全名。

「她好像喝得很醉，然後自己搖搖晃晃走出去了。好可惜喔，對不對？」

我心跳漏了一拍。

我在咲子的桌子坐下，刻意打破剛剛的誓言，點了啤酒。

「不要再喝了吧，明天還有演出吧？」

店員池垣勇氣對我提出忠告。

「西同學剛剛也喝過頭，臉色蒼白地出去了。你看，那邊那兩人剛剛也跟她一起喝，現在也是醉得差不多了……」

池垣朝裡面的座位努努下巴，我看到了二年級的仲田虫雄。他是去年漂流祭的「快食大胃王」的贏家，所以在一年級生之間也很有名。

另一個人從年紀和外表看來，不像學生而是老師之類的人物。

「那是未來犯罪研究室的若原清司老師，聽說是所謂的萬年助教。」

咲子在我耳邊這麼說。

「聽說他老婆最近跑了，受到很大打擊。」

「這樣啊……」

仲田大口大口吃著自己帶進來的零食，大口大口喝著啤酒，然後用同一張嘴說：「肚子好餓、肚子好餓。」若原助教雙手拉著褲子皮帶，以非常緊繃的表情喃喃自語著：「我要殺了妳、我要殺了妳。」——兩個人都很危險。

「對了，西同學沒事吧？」

另一個店員美川宮子說：

「她沒說要回去……也還沒付錢。我猛同學，你覺得呢？」

我的天啊，拜託不要問我這種事。

「對了，有很好吃的煸炒蘑菇，要吃嗎？我剛剛也勸西同學吃，不過她沒吃就是了。」

每聽到一次「西同學」，我就一陣心痛。

我無視池垣的忠告，一口氣喝乾啤酒。完全喝不出味道，當然也不可能好喝。不過我內心還是想要「再來一杯」，正當我倒第二杯時——

入口的門這時用力一開，憤怒大友走了進來。

咦，好像哪裡怪怪的——我第一眼看到他的臉這麼覺得，然後我立刻就知道為什麼了。不知道怎麼回事，他的額頭有暗紅色的瘀血。

「大友同學，怎麼回事？」

聽到咲子這麼問，大友很不好意思地壓著額頭說：

「我因為喝掛了，所以出去吹吹風，結果和騎腳踏車的學生撞在一起，狠狠摔了一下。連緩衝都沒辦法，就變成這樣了……」

他接著在我對面坐下，拿起我的酒杯咕嚕咕嚕地喝光了。

「真是的……這是哪門子喝掛啊。」

「唉呀，不要在意這種小事啦——對了，關谷呢？他回去就沒再回來了嗎？」

「關谷同學，已經回去了嗎？」

咲子問。

「我記得他說先回去一下，會再回來……」

我話還沒說完，螳螂關谷本人忽然衝進店裡。

「糟糕了糟糕了糟糕了糟糕了。」

他肩膀上下起伏喘個不停，張嘴大喊：

「西……西同學她、她在下面的Live House！」

「西同學怎麼了？」

「彩未怎麼了？」

「死了……不，被殺了！」

6

我們迅速衝下樓去，當時Live House的教室的大門開著，我們從大門望進燈火通明的室內——

所有人好一陣子都說不出話。

細瘦的身體倒在講台拼湊成的舞台上。朝向我們的臉孔滿臉暗黑色血污，就像面對著艾蓮娜．馬可斯站著的蘇西．巴尼雍[13]一樣，雙眼圓睜，動也不動，彷彿被貼上了激烈的驚愕表情——然後那張臉孔毫無疑問是蘿絲瑪麗西，也就是西彩未。

「拜託誰趕快去報警。」

我對於從自己嘴裡能如此自然地吐出這句理所當然的台詞，感到萬般不可思議。

「騙、騙人、騙人的吧？」

。

大友這麼喊著，就想衝進去。

「啊，等一下……」

我慌張地想要擋住他，但是怎麼樣都說不出「保存現場」的字眼。

我拚命壓抑著想要當場坐倒的衝動，追著大友踏進室內。關谷也跟在後面，一起下來的其他人則在入口外面觀望著。

從觀眾席看去的舞台左手邊緣是鼓組，右手邊緣則放著鍵盤。西同學就正好倒在正中央，頭朝著放在牆邊的放大器。

「我剛剛確認過，確實沒有脈搏了。」

關谷對著在動也不動的西同學身邊蹲下的大友這麼說：

「我從租屋處回來之後，想說看一下這裡的狀況，結果開燈一看，沒想到她居然……」

「她確實是死了。」

大友握著她的右手腕，無力地搖頭。

13.兩者都是《坐立不安》的角色。

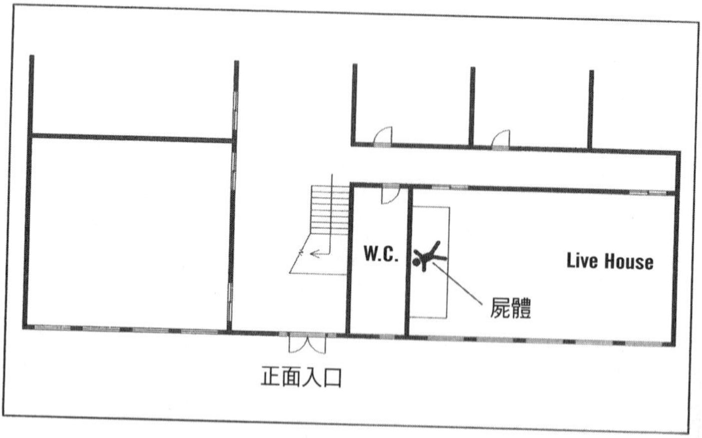

現場平面圖（大和大學未來人間學部 1F部分）

「為什麼會發生這種事……到底是誰幹的？」

「好像是用某種鈍器擊打她的頭，太慘了……」

我戰戰兢兢地走到舞台中央，看了一眼垂下頭的大友，然後是已經不會再說話的西同學的臉，接著是她的全身，我不由自主地「唔」了一聲。

已經是一具空殼的她，那隻永遠不可能再動的左手，那隻手……

「我猛。」

關口在我背後說：

「那是你的吧。」

蘿絲瑪麗西——西彩未推倒還插在放大器上的黑色吉他，緊抓著第五根和第六根弦失去了氣息。而那把吉他，是我的吉布森ＳＧ（便宜的國產拷貝版）。

7

大約一小時後──

我們待在學部一樓的一間空教室。憤怒大友與螳螂關谷、哨兵咲子、池垣勇氣和美川宮子，以及仲田虫雄、若原清司，還有我──全部八人。已經喝醉的人，此時醉意也不翼而飛，當然我也不例外。

警察從剛剛開始就在隔壁的小教室裡進行訊問。雖然已經很晚了，但是沒有問完所有人之前，請不要擅自離開──警方嚴格地如此命令我們這些「案件相關人士」。

現在被叫去隔壁的是，在調查人員抵達前剛好回來的惡神高松。

知道發生事情衝進現場的他，嘴裡說著：「到底怎麼回事？怎麼可能！饒了我吧……」愣愣地低頭看著西同學的屍體。一旁，大友抱頭發出嗚咽，咲子坐在外面的走廊上啜泣……我冷靜地看著他們的同時記下這些事情，但我不過是拚命壓抑自己的感情，不知道自己到時候是否也會陷入混亂。

那麼——

沉默一陣子的眾人陸陸續續開口，開始討論一個話題，當然是和西同學的死亡有關的問題。

「她為什麼會握著我猛的吉他倒在那裡？」

關谷以特別正式的口吻，提出了這個問題。

「這果然是大問題吧，我猛，你說是吧？」

「啊……是、是啊。」

「若是單純思考，那個應該是一種死前留言吧。」

「死前留言，是推理小說裡會出現的那個嗎？」

咲子訝異地歪著頭，關谷臭著一張臉點頭說：

「是啊，就是將死之際的留言。被害者死亡之前，擠出最後的一絲力氣，留下訊息。有時候是文字，也有文字以外的某種象徵。然後大致上都是為了要傳達是誰殺了自己的訊息……」

「所以是怎樣？西同學握著那把吉他，犯人就是吉他主人我猛嗎？」

大友自顧自下了武斷的解釋後，狠狠瞪著我。

這真是太老套的展開了——我抱著稍嫌自虐的想法，但是也不由自主地提高聲音。

「我為什麼必須要殺害西同學？」

「因為那個啊，愈是喜歡就愈是痛恨，就是所謂的恨烏及屋……嗯，大概不是吧。」

大友笑也不笑，繼續斜眼瞪著我。

「你不是剛被她甩了嗎？」

「什……」

「我猛同學確實剛被西同學甩了吧？」

池垣勇氣插了進來，我很不高興地說：

「你到底有什麼根據？」

我本來打算反駁，結果想起一件事，立刻閉上嘴。我不是在「魅影」喝醉了，講了一大堆很危險的話嗎？我到底在幹嘛啊，真是的，這狀況真是太糟糕了……可是、不過、但是——

「應該要好好想一下吧。」

這次插進來的是美川宮子。

「我剛剛只有看了一眼現場的狀況。不過問題不是西同學單純握著那把吉他，而是……她抓著吉他的第五根和第六根弦才對吧？」

「妳說的沒錯。」對，就是那個。我剛剛也一直想講這件事，所以坐立難安。

鬫谷臭著臉地點頭。

「如果她只是想留下『我猛的吉他』這個訊息，那她何必故意那麼不自然地抓著？」

「是吧。」

「這樣的話，**那**到底是什麼意思？」

鬫谷再度用正式過頭的口吻，提出疑問。美川毫無把握似地說：「這個嘛……」歪著頭。大友還是斜眼瞪著我，默默聳了聳肩。

「那這樣想如何？」

鬫谷自己提出了一個答案。

「吉他有六根弦，從下往上是一弦、二弦、三弦……不過我們團——YZ的成員，加上經理西同學正好六個人。如果把六根弦各自對應到六個成員的話……」

「嗯，是這樣嗎？」

我戰戰兢兢地說出自己的意見。

「包含西同學在內的六名成員的說法，我覺得實在有點牽強。就算真是這樣，也不知道六個人要怎麼對應六根弦……而且就算真是如此，那麼犯人就是對應五和六弦的兩個人，這樣實在有點……」

「你希望是單獨犯案嗎？」

「是啊，畢竟這基本上是『猜犯人』的問題篇。」

「原來如此。被說到這個地步，就很難反駁了。」

「把事情想得更單純一點吧。比如說，弦不光只有一到六的號碼，也有其他屬性。」

「這麼說的話……對了，『音階』的屬性嗎？」

「啊，對。」

美川舉起手。

「我也彈過吉他，所以我知道。五弦是A，六弦是E。A和E——會不會這個是犯人的名字拼音縮寫？」

「確實可以這麼想。」

我回答她的同時，環視著教室裡的「案件相關人士」的臉孔。這之中（包含我自己）名字拼音縮寫是A．E或是E．A的人……沒有。

那麼只有一邊的話？姓氏或名字的拼音縮寫開頭是A或E的人？

●萬聖節我猛（HALLOWEEN GAMOU）

●憤怒大友（FURY OTOMO）

●哨兵咲子（SENTINEL SAKIKO）

●螳螂鬪谷（DIABOLICA SEKIYA）

●池垣勇氣（IKEGAKI YUKI）

●美川宮子（YOSHIKAWA MIYAKO）

●仲田虫雄（NAKATA MUSHIO）

●若原清司（WAKAHARA KIYOSHI）

加上一個現在不在場的人——

●惡神高松（MANITOU TAKAMATSU）

這樣排起來看，沒有人符合。硬要說的話，就只有被害者西同學自己的彩未（AYAMI）的A而已嗎？

但是如果把YZ成員的本名考慮進來——

●萬聖節我猛＝我猛大吾（GAMOU DAIGO）
●憤怒大友＝大友英介（OTOMO EISUKE）
●哨兵咲子＝河田咲子（KAWATA SAKIKO）
●螳螂關谷＝關谷究作（SEKIYA KYUSAKU）
●惡神高松＝高松翔太（TAKAMATSU SHOUTA）

這樣一來，只有一個人符合——大友英介的「EISUKE」的E。

不對，等一下。

那把吉他——西同學抓著的，我的吉布森SG（便宜的國產拷貝版）……

「先不管什麼死前留言，還是有其他意義，總之我和這個案子絕對沒有關係。」

直到剛剛都沉默不語的若原清司，焦躁地這麼說。我看了他一眼，才發現他不知道什麼時候把皮帶抽了下來，雙手緊握著。簡直就像是如果有人有意見，就要勒死對方似的。

「本來我和西彩未這個學生，一直到今天晚上在『魅影』喝酒之前都沒見過。而且我有確實的不在場證明——真是的，拜託趕快放我走，我也是很忙的。」

「我和若原老師一樣。」

仲田虫雄聲音尖銳地說：

「我也一直待在『魅影』，和若原老師在同一桌喝酒……啊，煩死了，我想回家，快餓死了。」

「講到不在場證明，我和美川同學也是。」

池垣開口說：

「我記得西同學單獨離開『魅影』，大概是十一點左右，我們在那之後也一直在店裡。」

「不過我記得池垣同學在那之後，去了一次洗手間吧。」

美川眼神嚴厲地瞇起雙眼。

「若原老師也的確去了一次。」

「廁所嗎?哼，那也不過是兩、三分鐘的時間而已吧。要在那麼短的時間內殺人……」

若原說到一半，又搖搖頭說：

「嗯，也不能說絕對不可能。不過就算如此，這件事和我絕對沒有關係。雖然最近很多人懷疑我，不過我腦袋清楚得很，所以我不可能殺害剛認識的女學生。我、我絕對……」

他面帶殺氣地看著周圍，雙手握著的皮帶發出啪的一聲。唉，這個老師怎麼看都很危險。

「我先說，我和這個案子沒有任何關係。」

池垣這麼主張：

「這種事情大致上都是樂團內部的人際關係出了問題，對吧?」

樂團內部的人際關係嗎……唔。

西同學離開「魅影」是晚上十一點左右。關谷發現她的屍體，衝進「魅影」的時間確實是午夜十二點，因此案子是在這一個小時之內發生的。如果驗屍的話，應該可以更精確一點。

晚上十一點到午夜十二點之間的大約一小時……在這段時間內擁有完整的不在場證明的ＹＺ成員，至少在這裡的人都沒有。高松應該也是如此吧。就像池垣說的，在這種情況首先應該懷疑的，果然還是某個成員嗎……

就在這時候，我感覺腳邊傳來一陣不祥的地鳴。

咦？我剛感到困惑時，咚、咚，地板搖了起來。教室大門和窗戶也發出劇烈聲響……我忍不住雙手抓住桌子，彎下腰——地震?!

8

晃動只持續了幾秒鐘，不過這是對這裡來說，頗為稀奇的強烈地震。而且居然在這種情況下忽然發生，大家或多或少都陷入動搖。

時間是午夜一點半——

我們互相窺伺彼此蒼白的臉孔，當大家連個玩笑都開不出來的時候，高松從隔壁教室回來了。

「剛剛搖得好大。」

「這種情況真是太討厭了。」

大友說著，把臉用力地皺成一團。

「我真的對地震很不行。」

「有人對地震很行的嗎？」

「到底為什麼會在這種時候地震啊？」

關谷說完，看著我問：

「這有什麼意義嗎？」

為什麼問我啊，我雖然不滿，但還是說：

「我怎麼知道。不過這畢竟是『猜犯人』的問題篇，說不定……」

我一不小心就這麼回答他了。

「再來輪到我猛了。」

高松說著，拍了拍我的肩膀。

「負責這個案子的警部大人要你去**訊問室**喔。不過他聽到我猛這個姓，露出了有點驚訝的表情……該不會是你認識的人吧？」

9

站在入口旁邊的制服警員催促著我走進隔壁的小教室——

因為高松的提醒，我並沒有那麼意外，不過還是忍不住「咦？」了一聲。

「居然在這裡……好久不見了，**舅舅**。」

房間裡有好幾個便衣警察——也就是刑警。在那之中散發出特殊氣質，留著鬍子的高大男人，正如高松的猜測，是我「認識的人」。

「唉，果然是你啊。」

雙手撐在長鐵桌正中央，男人皺起鼻子對我怒目而視。年紀將近五十。本人似乎覺得這個鬍子很適合他，不過看起來像是讓湯姆．薩維尼[14]更加猥瑣的造型，老實說真的不怎麼樣。

「聽到大和大學的未來人間學部，學園祭的Live House的瞬間，我就有不祥的預感。然後我又想起來，你從國中開始就喜歡搖滾、恐怖電影那些東西，就覺得更不祥了。」

苦著一張臉的舅舅——本來是轄區警署刑事一課的古地警部這麼說。

他是我母親的哥哥。雖然我們住在同一個城市，不過距離我們上次見面已經是很久以前的事情了。我知道他是當地的警察，忙著追查重大案件，不過真沒料到久違的再會居然會是這種情況，這發展也太剛好了……算了，不說了。

「總之你先坐吧。」

我遵照他的命令，坐了下來。警部從長桌的對面直直盯著我看。

「我問你，被害者西彩未和你也有往來吧。」

「嗯，是啊……」

如果在這裡有所隱瞞的話，就沒辦法開始了。我抱著這番覺悟，將所有知道的事實全盤托出。包含演出結束後的瞬間失戀都招了出來。

古地警部依然皺著鼻子，有時附和我似地認真聽我說，不過聽到最後我談到的方才關於「死前留言」的討論時，「嗯……」他看似不滿地沉吟著，摸著宛如湯姆．薩維尼的鬍子說：

「關於你們一群未成年飲酒這件事，我就先放你們一馬。」

14. Tom Savini（1946-）美國導演、演員、製片。

「——是。」

「這個案子很麻煩。現場有一大堆指紋和腳印，亂七八糟的。我不認為會順利找到明確的物證——你所謂的死前留言也是，就算知道那是什麼意思，在現實上也無法當成決定性的證據。」

「找到兇器了嗎？」

換我提問：

「西同學看起來好像是被什麼砸了頭。」

「看起來應該是被打死沒錯。不過詳細狀況還是要等驗屍結果。至於兇器……現在還在搜索中。」

警部不停摸著鬍子說：

「遺體頭部有兩個傷口。」

他繼續說：

「一個是在鼻子上方，一個是在頭部右側。臉部有出血，似乎也混了鼻血。兩個傷口看來都是被某種堅硬的，大概是鐵棒或是金屬球棒之類的鈍器打的，不過致命傷恐怕是頭部右側的那個。」

「她不是立刻死亡吧？」

我努力保持冷靜地確認：

「就是說，犯人離開之後，她有可能還活著吧？當她即將死亡時，是否還有餘力伸手去拿吉他？」

「有可能。」

「那麼，那果然是死前留言……」

「如果真是這樣，那麼單純來看，你就是最可疑的那個了。剛被甩，又喝得醉醺醺的。」

「別、別這麼說啊。」

「就算你是我的親人，我也不會客氣的。」

「怎麼這樣，我發誓，我絕對……」

這時候，一個制服警察慌慌張張地衝了進來。

「怎麼了？」

古地警部起身問：

「發現兇器了嗎？」

「不，不是兇器，是血跡。」

「什麼？」

「在案發現場隔壁的女廁裡，發現了可能是被害者留下的血跡。」

10

我跟著古地警部走出小教室。制服警察領著我們前往發現血跡的女廁。我之所以可以順利跟去，是為了要在合適的長度結束故事……不、不是這樣，就當作是古地警部特別優待可愛的外甥吧。

這個學部雖然有著未來人間學部這樣新潮的名稱，不過校舍建築物卻完全相反，老舊而狹窄。因為空間的關係，每層樓都只有一個廁所，一樓和三樓是女廁，二樓和四樓則是男廁。

因為我不是色狼，也沒有穿女裝的興趣，所以這是我第一次走進女廁。進去一看，右邊並排著廁間的門扉。和男廁不一樣，這裡當然沒有小便斗。

正面深處——朝向左邊牆壁有兩個洗手台，血跡就在那裡。

血跡沾在兩個洗手台裡面的那個。水龍頭和洗手台的陶瓷，以及前方的地板磁磚上頭沾了一點一點紅黑色的東西。洗手台邊緣放著一條折起來的女用檸檬綠手帕。這本來是掉在地上的。

「誰發現的？」

聽到古地警部的問題，制服警察立刻回答：

「發現者是叫河田的女學生，是在那間教室等待的成員之一。」

河田——咲子嗎？

「她說她剛剛來上廁所，發現了血跡，所以我趕緊去通知……」

「是嗎？」

警部環視室內問道：

「廁所的燈都是一直亮著嗎？」

似乎是在問我。

「基本上應該是關掉的。」

聽到我的答案，警部「嗯」的一聲點點頭說：

「是發現的時候才開燈的嗎？」

他接著重新看向制服警察，問：

「有證據證明血跡是被害者的嗎？」

「鑑識人員接下來要開始調查。不過根據發現者河田同學的說法，掉下來的那條手帕是被害者的東西沒錯……」

「這個嗎？嗯，原來如此——總之，先讓鑑識人員確認吧。」

這時候，我留意著不要踩到地板上的血跡，走到裡面的洗手台前面。我按照著洗手台、牆上的鏡子，然後從我站的位置看來靠近右邊窗戶的順序觀察著。

「喂，你可別給我亂來。」

「我知道啦，舅舅……哦不，警部。不過，說不定這裡就是**第一犯罪現場**喔。」

「——嗯？」

「不是常有這種事嗎，所謂『移動屍體』的事後作業。」

到了這時候，一直沉溺於悲傷也不能怎麼樣。我硬逼自己決定這是為了悼念西同學必須做的，繼續說：

「有可能是為了讓人晚一點發現西同學，犯人從這裡將屍體移動到隔壁的Live

House。因為比起這間廁所，直到隔天都不會有人去Live House的可能性更高……」

就在這時候，我發現了**那個**。那個老舊推窗的構造是向外斜斜往上推的，在被水蒸氣弄得模糊的玻璃上……

「若是如此，那就有可能留下什麼重要的線索。比如說，這裡——」

我像個名偵探似地指著那片窗玻璃。

「請看這個。」

「嗯？」

警部湊近**那個**一看，眉毛向上挑了一下。

「這是……」

「或許可以這麼想。」

我說：

「西同學——據說被害者走出『魅影』的時候，因為喝得太多，滿臉蒼白。不過二樓只有男廁，她自然很可能覺得不舒服，走到一樓的這間廁所。偶然看到她這個樣子的犯人，抱著殺意追在後面……就在這個洗手台前面動手殺了她。然後犯人立刻離開這裡，或是打算離開的時候，不管怎樣，在離開這裡後，犯人想起了『移動屍體』這件事，所以又走了回來。不過在這段期間，還沒完全死亡的被害者，擠出最後的力氣，在這個窗戶上寫下這個……」

那裡的那個——在模糊的玻璃上（看似）以指尖寫下的顫抖線條，看起來就是英文字母的「D」。

「嗯，聽起來還滿有一回事的。」

古地警部皺眉摸著鬍子說：

「不過，這實在很不自然也很牽強。就是……犯人一度離開，又回來的那部分。」

「確實如此。不過殺人之後的行動，不都是這樣的嗎？如果不是事先就做好計畫的話……」

「喔，你認為這不是事先計畫好的？」

「一般來說應該是吧。如果是計畫性殺人，何必特別選在正在舉行學園祭的大學裡？」

「嗯，也是。」

「若我的想法正確，這裡是『第一現場』，那麼被害者在『第二現場』的Live

House裡抓住吉他這件事，就是犯人的偽裝作業了。」

「總之關於這個……」

警部瞪著窗戶上的「D」說：

「必須仔細調查才行。上頭看起來似乎沾了一點血——喂，鑑識還沒到嗎？」

11

在這之後，我從古地警部那裡打聽到的，關於這個案件的情報我整理條列如下：

- 被害者西彩未的死因是頭部遭到毆打造成的顱內出血，右側頭部的毆傷是致命傷。根據驗屍結果和相關人士的證詞，犯罪時間大約落在晚上十一點到十一點半的三十分鐘之間。
- 在這個時間帶內，相關人士裡有完整不在場證明的是待在「魅影」的美川宮子和仲田虫雄兩人。池垣勇氣和若原清司雖然基本上也在「魅影」，不過各自去了一次廁所（各自的正確時間不明），無法說是「完整的」。YZ成員都有單獨一人度過的時間，所以沒有不在場證明。

●兇器是金屬球棒。在校舍的玄關大廳的傘架裡，從以前就放著一支不知道持有者身分的球棒。在犯行結束後，球棒又被放回傘架。從上面檢驗出和被害者相同的血液和人體組織，確定這支球棒便是兇器。沒有從球棒上檢驗出指紋，可能是犯人行兇後擦拭過了球棒。

●殘留在一樓女廁的血跡和被害者血液一致。掉落在同處的手帕也確定為被害者所有物。這條手帕以及窗戶上的「D」上都附著少量的相同血液。不過無法從窗戶的文字檢驗出指紋。

還有一點──

這是在遺體解剖後知道的，帶給我巨大打擊的事實。

12

三天之後，大和大學的學園祭──因為是十一月舉行，所以稱為「霜月祭」（不知為何俗稱「漂流祭」）──結束了。

未來人間學部的演出，從案件發生隔天起便中止了。至於最後一天的戶外舞台演出該怎麼辦，所有人當然都感到強烈的心虛，不過談到最後，還是決定按照預定進行演出。帶著追悼西同學的心情，大家踏上了舞台。

我們淚眼朦朧地唱了為了這次演出所準備的新歌〈無頭屍體是否夢到了哲學家？〉以及〈麥克邁爾斯，笑一個！〉，不過老實說演出真是糟糕透頂。怎麼樣都無法全力以赴，結果變得很尷尬，但這也是理所當然的吧。

那天很晚，眾人以反省會的名義聚集在大學附近的居酒屋，不過席間的氣氛與其說是反省會，不如說是守靈更合適。這也是當然的吧。

「真是的，我們接下來該怎麼辦？」

憤怒大友端起大家都沒打算喝的啤酒杯，一口氣乾掉。

「你們覺得在這種情況下還有可能繼續樂團活動嗎？」

他看起來已經完全是自暴自棄了。聽到這句話的螳螂闢谷，也拿起啤酒杯一口氣喝光後，發出了意義不明的「呃啊」一聲。

「今天的演出實在是亂七八糟、糟糕透頂。我到一半就想逃走了。」

「因為情緒亂七八糟啊。即使想說今天的演出是為了追悼西同學，但是一想到在場成員中，可能有殺害她的兇手時……」

「不要那樣說！」

哨兵咲子聲音顫抖，彷彿隨時都會哭出來似地趴在桌上。

「不要……不要那樣說。」

「可是這是事實啊。」

大友提高聲音說：

「西彩未三天前死了，被殺了。殺她的人就在某個地方。說不定……就在我們之中。」

「沒有人要承認自己就是犯人嗎？」

聽到關谷這句話，惡神高松長長地嘆了口氣。

「不要在這裡說這些吧。」

「可是，你……」

「請等一下。」

我開口說。我一直猶豫著要不要說出那件事，總之我決定等到今天演出結束後，在這裡說出**那個事實**。

「雖然我不講，大家最後也還是會知道——」

四個人全部望向我，我忍耐著大喊出聲的衝動，說：

「她——西同學，懷孕了。」

所有人都無法壓抑驚訝。「咦⁈」「騙人！」「哇！」「怎麼可能⁈」等等，半是尖叫、半是怒吼的聲音交織著。

「為什麼我猛，你會知道這種事？」

我反瞪著找碴的大友說：

「我不是說過負責這個案子的警部是我舅舅，所以——我才會……」

我不滿地回答：

「解剖之後發現的。她才懷孕一個月，恐怕本人也沒發現。」

13

反省會的氣氛直到最後都非常陰鬱。結束後，我和眾人分開，本來想直接回家，不過轉念一想，我獨自走回了學校。

今晚和三天前一樣，陰沉的天空看不見任何星星。或許是我多心，連吐出的氣息都比三天前更白。在居酒屋時，我一口酒也沒喝，也沒吃什麼，大概是這樣，所以我覺得更加寒冷。

我朝著未來人間學部走去。現在這麼晚，學園祭結束後的校舍也沒有任何人影……

「啦啦啦啦——啦，啦啦啦啦啦啦啦啦——♪」

我忽然察覺到自己無意識地哼著的音樂是什麼，內心湧起一股自虐的感受。居然是《失嬰記》[15]的主題音樂——唉，我也不是不理解這種心情，但是唉，實在是……

我重新振作起來走進建築物，先看了一下用來當成Live House的那間一樓教室。

所有器材都已經收掉，回到了原來乾燥無味的教室。我突然覺得陰暗之中可以模糊地看見西同學倒在急就章的舞台上的模樣，慌張地搖了好幾次頭。

在這個房間的那個地方，抓著我的吉他的五弦和六弦死去的她。先不管那是不是犯人的偽裝手法——

因為吉他的五弦和六弦的音階是A和E……在案發後的討論中出現了這個說法。我沒說出途中發現的事情，不過那基本上是一般指法下的狀況。

我的吉他在當時，為了那天的演出，不是一般指法，而是改成開放Gm的變則指法。也就是說，這樣一來，五弦和六弦就不是A和E，五弦是G、六弦是D才對。

西同學熟悉YZ的事情熟悉到我們稱她為經理，那麼她當然不可能不知道變則指法的事情。雖然不知道她在瀕死之際，能不能想到這點，不過先當作她想到吧，若是她想表達的是G和D的話。

名字拼音縮寫是G．D或是D．G的相關人士，居然只有我——我猛大吾（GAMON DAIGO）……

……不。

我輕輕閉上雙眼，這麼說給自己聽。

15.《失嬰記》的原片名是Rosemary's Baby。

這個一定是……不對，這不是最重要的問題。是偶然的惡意，或是姑息地視而不見（……那是誰？）——我強烈地這麼覺得。應該注意的問題不在這裡，而是隔壁的那個……

我走出教室，回到走廊上，確認周圍沒有任何人。

接著帶著些微心虛地打開女廁的門。

雖然沒開燈，不過從外面流洩進來的燈光，還是讓我看得很清楚。我沒有開燈，緩緩走到裡面的洗手台前面。三天前的血跡已經洗得一乾二淨。

我看向窗戶。

問題應該是這個——

寫在玻璃上的那個文字當然也早就不見了。

我伸長手腕，指尖壓在冰冷的玻璃上。稍微用點力推，窗戶就發出吱嘎聲，看來是因為老舊已經有不少縫隙了——

我在和記憶相同的位置，自己寫下了「D」。之所以沒有驗出指紋，可能是因為像這樣以指尖搔抓的方式寫下。

「『D』……嗎？」

在這個可能是「第一現場」之處，留下的「第一個死前留言」——只有一個「D」，實在是毫無頭緒。如果單純是某人的名字拼音縮寫，那麼符合的有螳螂關谷的D，以及我自己——我猛大吾的D，只有這兩個……

當然也可能是已經沒有力氣繼續往下寫了，或者其實是想寫「P」卻寫成了「D」……若是如此，那麼P會是「魅影」（PHANTOM）的P嗎……嗯。

我又差點哼起《失嬰記》的主題曲，我慌張地趕緊停下來，然後和剛剛一樣輕輕閉起雙眼。

三天前看過的各種場面——人物、物品，以及那些行動——在我的眼皮裡浮現又消失。各種場面、各種光景、各種……結果，其中的某一樣出乎意料地帶著重大意義，鮮明地浮現出來。

「啊……這樣嗎？」

我喃喃自語，接著嘆了一大口氣。

「原來是這樣嗎？」

【給讀者的挑戰】

推理所需的材料，已經在這個階段全部提出——應該。

犯人是其中一名登場人物，沒有共犯。做為條件，敘述文以及犯人之外的人物的發言中沒有任何刻意的謊言，特此明記。

殺害蘿絲瑪麗西，也就是西彩未的人是誰？

回答問題的同時，也請提出推理過程。

作者敬上

＊　＊　＊

「嗯——這個嘛。」

我讀到「給讀者的挑戰」之後，將原稿放在桌上自言自語：

「是問我會怎麼做嗎？」

——這是我想問那個可能是今晚將這份原稿送來給我的青年，毫無意義的問題。即使讀到這裡，我還是不知道該怎麼看待這份名為〈洗禮〉的原稿。

我躺在沙發上，試著想起應該是很熟悉的他——U君，那張令人討厭的臉孔。可是想起來的瞬間，不知道為什麼輪廓就軟綿無力地崩塌，失去色彩……像是溶化在我腦血管之中流動的甜膩糖水一般。

「怎麼說呢……」

我又說了一次，望向桌上的原稿。

「這個實在是……不上不下的『問題』。」

如果以朗讀形式發表的「猜犯人」來看，這份原稿的張數實在有點多。若是當成「推理的問題」來看，沒有必要的部分也不少，若是當成「小說」來看，又太過幼稚。警察和鑑識相關的部分實在相當隨便……以一個四十五歲，有十九年資歷的中年推理小說家的角度看來，這份原稿有太多可以挑剔的地方了。

這樣的話，不如像是不知道什麼時候的〈鈍鈍吊橋垮下來〉或是〈茫茫樹海燒起來〉那種愚蠢故事，乾脆一點不是比較好嗎？

我那宛如瀕死之際的甲蟲般動作緩慢，彷彿被包裹在一層霧靄之中的大腦，緩緩地這麼想著。

但是——

如果這篇作品中的〈YZ的悲劇〉如同外層開頭所述，是一九七九年還是大一生的「我」所寫的話……不，就算是這樣也實在令人難以恭維。這麼一想，不知道是焦躁還是不滿的負面情緒，開始從內心某處漸漸湧出……

而且就算是拿來替故事調味的，七〇年代的那些恐怖電影，也實在有點濫用了。

「YELLOW ZOMBIES」這個樂團名，偶然和當今的本格推理狀況有著微妙的連結這點，雖然我無法恭維，不過暫且睜一隻眼閉一隻眼吧。成員拿來當成藝名使用的恐怖電影名稱，「萬聖節」[16]、「憤怒」[17]都還沒什麼問題，「哨兵」[18]則是還算有品味的選擇。可是「螳螂」[19]是怎麼回事？作品中的主述者很想吐槽「惡神」[20]，這樣的話，我還想請他先吐槽「螳螂」咧。難道沒有其他可以用的電影名字了嗎？至少也應該用「殭屍」[21]吧……啊，不過這部電影是八〇年才在日本上映，真遺憾。

接著是——

大學名稱以及登場人物的名字，這個顯然是對棋圖一雄大師的《漂流教室》的惡搞模仿吧。我並不覺得這個做法很無聊，只是像是池垣、美川、仲田和若原老師的名字可以這樣處理嗎？我不禁懷疑有多少讀者能夠理解作者的玩心呢……

……等等、等等。

一不小心，就耽溺於思考無聊的事情了，既然機會難得，我還是來想一下「給讀者的挑戰」的答案吧——不過就算如此，我在讀完問題篇的時候，就已經看穿答案了，所以我才會說「真是『不上不下』的問題」。

殺害西彩未的人十之八九是〇〇吧。這個結論的根據，只要讀完問題篇就差不多可以掌握。

16. Halloween，約翰．卡本特執導，一九七八年上映的美國恐怖電影，中文片名為《月光光心慌慌》。
17. The Fury，布萊恩．狄帕瑪執導，一九七八年上映的美國科幻恐怖電影。
18. The Sentinel，麥克．溫納執導，一九七七年上映的美國恐怖電影。
19. Diabolica（又名 Beyond the Door），Ovidio G. Assonitis 執導，一九七三年上映的義大利恐怖電影。
20. The Manitou，威廉．格德勒執導，一九七八年上映的美國宗教恐怖電影。
21. 《殭屍》為羅梅洛的《活人生吃》在日本上映時的片名。

今天晚上，U君之所以沒有露臉就回去，恐怕就是如此吧。因為這個如此簡單的「問題」，無法讓我像以前那樣敗下陣來嗎？——但是我在讀這份原稿之前，就有種這次的狀況和「鈍鈍吊橋」或是「茫茫樹海」的時候不一樣的感覺……

我直起身子，伸手將桌上的原稿拿過來，接著重新翻到第一頁。

洗禮

■■■■

「〈洗禮〉——嗎？」

這個篇名愈想愈是意義深遠。

作品中的「我」將自己參加的大學推理小說研究會的強者當成對手，首次披露了自己創作的「猜犯人」，然後……哈哈，所以是這種意義的「洗禮」嗎？是這樣嗎？

這個無法判讀的作者名字「[redacted]」令我很在意。我非常在意，但是——

這該不會是……我現在才發覺自己一直努力不要看見那個**最有可能的可能性**。

「拜託，這實在是……」

我不知不覺地低聲說：

「饒了我吧。」

結果某個記憶緩緩地開始刺痛，讓我不禁憂鬱起來。我點起菸，伴隨著噴出的煙，那股情緒也消失了，總之我繼續往下讀。

* * *

朗讀完問題篇後，十二個參加者開始熱烈討論——我本來以為會是這樣，但是出乎我意料，所有人都坐在原位，沒有起身。

有人雙手盤胸、閉上雙眼，有人撐著臉頰看著「登場人物一覽」以及「現場平面圖」，還有人握著筆或是鉛筆，開始在資料以及自己的筆記上振筆疾書。

因為是新生第一次創作的「問題」，所以不要和其他人商量獨立思考吧——這是他們的親切嗎？

但是我怎麼樣都無法冷靜下來，將寫答案用的報告紙發給眾人後說：

「限制時間二十分鐘。」

說完後，我就離開了教室。

雖然我已經有一定程度的覺悟，然而這仍舊是非常殘酷的試煉。如果就這麼消失的話……我不知不覺差點就要陷入這種誘惑。

就算認了這是「初體驗」，可是如果太容易被答出真相的話還是令人懊惱。然而，我也認為這種程度的「問題」，應該過不了聚集在教室的那群人的那一關。說不定，大部分的人都會答對。我雖然覺得這也沒辦法，一方面卻也感到若真是如此……

我站著抽了好幾根菸，時間慢慢過了二十分鐘。我摩挲著變得刺痛的喉嚨回到教室一看，所有人的答案紙都已經放在講桌上了。

我決定晚一點再看那些答案，然後在方才的椅子上坐下。「那麼——」我沒有餘裕仔細觀察盯著我看的所有人的表情，而是環視一圈後，便開始朗讀解決篇的原稿。

14

當天深夜，我下定決心前去拜訪他。

傳統的出租房間已經大大減少，他的住處是大和大學附近年年增加的學生公寓的一間房間，是一間收拾得頗為乾淨的男性單人房。

「搞什麼，都幾點了？」

他似乎還沒睡，充血的雙眼驚訝地眨個不停。

「我有重要的事跟你說。」

我挺直身子，不由分說地進了他的房間。「搞什麼啊。」他雖然不高興地抱怨著，不過似乎打算準備喝的。「不用麻煩了。」我阻止他：

「你知道在女廁發現的血跡，以及窗戶上的『D』吧？」

我立刻進入正題。

「我知道那個『D』的意思，不僅如此，我還知道可能是誰殺了西同學。」

「真、真的嗎？」

他露出驚訝的表情，目不轉睛地瞪著我。我沉默地用力點頭，開口說：

「這個『D』是某個單字的開頭——第一個字母。不是日文，而是英文的。對於玩樂團的我們來說，是非常熟悉的……」

「……所以？」

他——惡神高松，也就是高松翔太的臉色，瞬間一片蒼白。

「難道是『DRUMS』之類的嗎？」

「正是如此。」

「怎麼可能……」

「**我當然不是完全確定**。有可能是螳螂關谷的D，也可能是我猛大吾的D。不管是哪一個，要說沒意義，也確實沒意義。可是呢，如果是『DRUMS』的D，那就是最說得通的了。」

「喂，你是在亂湊嗎？」

「請不要這麼說，我是有前提才會下這個結論的。」

因為暖氣的關係，房間裡非常暖和。一張精美的小圓桌放在房間正中央，我和高松相對而坐。高松的眼神不安地四處游移，點起了菸。我繼續往下說：

「那個女廁的窗戶和其他廁所一樣，是舊式的推窗。斜斜向外往上推，再用折疊式的棒子撐住。不過那個窗戶已經很老舊，到處都有縫隙……」

「二樓的男廁也是同樣的狀況吶。」

「是的。而這一點是這個案件的重要關鍵，你懂嗎？」

「這個嘛……」

高松歪著頭，悶悶不樂地吐出煙。我接著說：

「而我在三天前——案件當晚，被西同學甩了之後，在『魅影』喝了一陣子悶酒，為了冷靜一下，我出去散步。路上，我碰到了你和咲子同學……我接著在校園內的長椅上休息了一下，然後又回去『魅影』，那時候是晚上十一點半。不過我實際回到『魅影』，是在那之後的幾分鐘後——大概是十一點四十分左右。

就在我回到學部前面時，我偶然看見了。我當時雖然看得一清二楚，不過一直到剛才——我才發現那件事情有多重要。」

「看見……看見什麼？你該不會是那時候看到犯人長相了吧？」

「我看到了**窗戶**。」

我回答：

「那時候，我看見面對建築物正面入口的右邊所有窗戶全都打開著，我以為是為了Live House的換氣，所以才沒關上。但是呢，如果說是『右邊的所有窗戶』，那麼應該也包含那間女廁的窗戶吧。也就是說，**十一點四十分的時候，那間女廁的窗戶是打開的**。

根據警方的鑑識結果，西同學是在十一點到十一點半之間被殺的。十一點四十分的時候，她應該已經被殺了。案件發生時，廁所的窗戶一定也是就這麼開著——那麼到底要怎麼做，才能在開啟狀態下的推窗玻璃上留下死前留言？」

高松低著頭，默默思考著。

「這麼想應該是正確的吧。」

我說：

「西同學不可能在女廁窗戶上寫下『D』。那不是她留下的死前留言，而是別人——也就是犯人留下的假的留言。犯人是為了讓那間廁所看起來像是『第一現場』，或是為了讓人以為屍體是在犯案後被移動到隔壁房間，所以**在那之後，在已經關上的那扇窗戶上寫下了那個『D』……**」

「——這樣啊。」

「在留下虛假的訊息時，犯人應該很注意沒有留下自己的指紋。從文字上檢測出微量的西同學的血液，一定也是犯人動的手腳吧。比如說，拿掉落現場的手帕沾上一點血液，再輕輕擦過文字……」

那麼，犯人為什麼要特地動這種手腳？」

我雖然這麼問，不過立刻提出了我自己的答案。

「為了不讓大家認為發現屍體的Live House是真正的案發現場。」

「那是……」

「也就是說，要讓大家以為西同學當場留下的訊息是假的。反過來說，她抓住了我的吉他的五弦和六弦，果然是指出真正的犯人身分的死前留言……」

「我猛，你等一下。」

高松打斷我，說：

「那麼在廁所發現的血跡又是怎麼回事？那的確是西同學的血，沒錯吧，難道那也是犯人動的手腳？」

「我想應該不是。」

我平靜地搖搖頭，說出已經在腦中整理過的想法。

「犯人是在**案件發生後，才臨機應變做了這些事情**。我認為犯人事前沒有任何計畫，全部都是難以分辨——充滿惡意的偶然所造成的。

「西同學的頭上有兩個傷口。一個是鼻子上面的，這裡的出血包含了鼻血。另一個是頭部右側，這一個似乎是致命傷——從這個狀況看來，可以這麼假設，就是說——

「那天晚上西同學在『魅影』喝過頭很不舒服，所以去了一樓廁所。可能就是在那裡發生了不幸的意外。她在裡面的洗手台前面，可能是被自己絆倒，或是滑了一下失去平衡地往前倒下，撞上了洗手台的水龍頭。其中一個傷口就是這麼來的，這時候，洗手台也沾上了她的血。手帕也是這時候掉的。這很有可能發生吧。

「她因為突如其來的意外陷入恐慌，壓著臉上的傷口踉踉蹌蹌地走出廁所，這時她偶然遇上了對她抱有殺意的人物。」

「怎麼可能……」高松欲言又止，嘆了一口氣後沉默不語。看來他也同意了「很有可能發生」。

「回到廁所窗戶上。」

我繼續說：

「從剛才的討論已經證明窗戶上的『D』是偽裝的。但是還有一點無法解釋，就是為什麼那道窗戶在犯人寫下虛假的死前留言時，是關上的？如果是別人關上的，那麼一定會因為發現西同學的血跡而引發騷動——因此這點很奇怪。沒有人關上窗戶。」

「……」

「我思考之後，立刻發現了。**窗戶不是被關上的，而是自己關上的。**」

「——什麼意思？」

「剛才不是已經確認過，那道推窗已經非常老舊了嗎？這是這個案件的重要關鍵。」

「啊……對。」

「窗玻璃向外往上推，用棒子撐住的狀態，一定也不是很穩定。然後那個晚上，偶然發生了一件事——」

高松「啊」了一聲，我點了點頭，說：

「沒錯，就是**那場地震**。因為震動，所以那根棒子可能鬆掉了，窗戶便因為自己的重量關了起來。那時候，正好是你接受警方訊問的時候，對吧？我記得那是凌晨一點半的事情。」

15

「我問你……」

我盯著將空菸盒捏扁的ＹＺ鼓手，問道：

「為什麼我要大半夜地來找你說這些，你應該知道原因了吧？」

高松什麼都沒回答。

「我當然是希望你去勸犯人自首。」

「……」

「從你的嘴裡說出來，畢竟你有責任這麼做。」

持續沉默的高松，恨恨地瞪著我。我提高了聲調。

「西同學的交往對象是你吧，事到如今，你也不要否認了。」

「唔……」高松低聲呻吟，垂下頭去，看來是不打算否認。

「那天晚上的地震後——現場已經有大批警察走動的時候。要完全瞞過他們走進那間女廁，幾乎是不可能的……**這樣一來，只有一個人可以在因為地震窗戶關上後進入廁所，在窗戶上寫下『D』這個字母。**」

「……是。」

「接下來是最重要的，真正的死前留言的意義——在西同學意識逐漸消失之際，她試著尋找附近有沒有任何可以傳達犯人真正身分的東西。然而，當時舞台上只有套鼓、鍵盤、放大器，以及我放著不管的吉他，所以她伸向吉他。然後以某種意志，緊抓著五弦和六弦，簡直要將它們扯下來，就這麼斷了氣。

仔細想想，她就是想要扯下那兩條弦吧。意義不在那兩條弦各自的屬性或是音階，她想表達的是**從六弦吉他上拿掉兩條弦**。六條拿掉兩條，剩下了四條弦。說到只有四條弦的吉他——對，就是貝斯。

然而諷刺的是，看到現場狀況立刻就能理解留言意義的人，就只有犯人本人。也就是YZ的貝斯手，藝名哨兵咲子的河田咲子而已……」

16

三天前的晚上，西同學對我說的「交往對象」就是高松翔太。根據高松的自白，兩人是從九月中旬開始交往的，瞞著從以前就和他交往的咲子，掩人耳目地交往著。

關於西同學懷孕一事，咲子不用說，高松以及西同學本人也都還不知道。雖然和這件事無關，不過高松在當天晚上向咲子提出了分手。咲子質問他理由，他便全盤招出。

被戀人和閨蜜聯手雙重背叛的咲子……唉，太麻煩了。總之應該不需要更多的說明吧。

總之咲子遭到了前所未有的打擊，對於奪走戀人的對象抱持著激烈的嫉妒和憎恨。

就在當晚的那時候，回到學部的咲子恰巧碰到了走出廁所的西同學。看到喝得醉醺醺，滿臉是血又腳步踉蹌的情敵的瞬間，咲子的理智瞬間消失。她拿起傘架裡的金屬球棒，藏在身後，將西同學引導到無人的Live House裡，然後……

因為關谷發現了屍體，導致案件提早曝光，領悟到西同學在自己不知道情況下留下的死前留言的意義時，她一定非常驚訝，感到狼狽不已。當警察抵達現場開始調查，她絞盡腦汁地思考該怎麼做的時候，地震發生了……之後，她無意間發現了廁所的血跡，所以她立刻想到在窗戶上留下「第一個死前留言」，讓人以為這裡是「第一現場」。這麼做完後，她再通知警察發現了血跡。

咲子在窗戶上寫下的「D」是什麼意思呢？

如果是對背叛自己的「DRUMS」的高松的報復，多少可以理解，不過也不見得一定正確。或許是螳螂關谷的D，也可能是我猛大吾的D……不管怎麼說，要轉移其他人對真正的死前留言的注意力這點是不變的。總之，咲子會自己說出那個D的真正意義吧。

我回到獨居的房裡，疲憊地坐在鋪在散亂的六帖房的床上。

總覺得難以釋懷。

我接到高松的電話，他說咲子決定自首了，等到天亮就要立刻去警局。ＹＺ遲早會解散的吧，這也是無可奈何。不光是咲子的問題，就算找到了代替的貝斯手，我也沒自信能和高松一如既往地相處下去……

短短半年不到，短暫的樂團生涯——嗎？

「唉——」我半是嘆氣地拿起放在枕邊的筆記。那是用來作詞用的大學筆記本，我翻了幾頁，找到了寫到一半的新歌——〈本格殭屍的華麗逆襲〉的歌名映入眼簾。

「唉——」我又半是嘆氣地撕下那一頁，揉成一團後扔進了垃圾桶。

——完

那天晚上——

我回到獨居的房裡，疲憊地坐在鋪在散亂的六帖房的床上。

「唉——」我半是嘆氣地拿起放在枕邊的筆記。那是為了寫下今天的「猜犯人」，用來記下靈感和大綱的大學筆記本。我翻了幾頁，再次「唉——」了一聲，將筆記本扔到一邊。

棉被旁邊放著一張小暖桌。我用它取代書桌，用床鋪取代坐墊，痛苦地寫〈YZ的悲劇〉寫到昨天深夜。

我打開提包，拿出已經結束任務的原稿，和裝著十二名參加者的答案用紙的信封。我將原稿丟到筆記本旁邊，從信封抽出答案用紙。

暖桌上有裝滿菸蒂的菸灰缸、髒兮兮的咖啡杯、原子筆、立可白和稿紙……我將他們推到角落，將十二張答案用紙放在眼前。

「——敗給他們了。」

我喃喃自語，叼起香菸。

「唉……真的輸慘了。」

收集到的十二人份的答案。上頭全都寫著女廁窗戶上的「D」是犯人動的手腳，從「打開的窗戶」的敘述推測出來，窗戶因為地震關上，只有一個人能在上面寫下「D」，真正的死前留言指的是貝斯……所有人都正確留意到關鍵，推導出正確答案，正確率百分之百。

我雖然有某種程度的覺悟，但是——

發表了解決篇，再讀完這十二份答案時，我受到了莫大的打擊。在感受到懊惱、窩囊之前，該怎麼說，我完全傻住了。

「所有人都答對了——各位辛苦了。」

我好不容易才這麼說出口，然後戰戰兢兢地窺看所有人的反應。從我的角度看過去，不管哪個「鬼」都露出了安穩的微笑。

「嗯，第一次都是這樣的啦。」

「我第一次發表的時候，也是幾乎所有人都答對了。」

「不過所有人都答對，還是滿稀奇的。」

「好好思考後，可以讓所有人都得出相同的答案，算是過了第一關吧。」

「手法其實不差喔。」

「下次再加油吧。」

等等、等等，散會後大家都各自對我說了看似溫柔的鼓勵——但是等到在這之後的咖啡廳裡，那裡的邏輯太脆弱了，這裡的結束不夠有力，誤導的方式太遜了，這個部分的構成很難成立，整體太過單純……等等、等等，被狠狠地罵了一頓——

或著該說是接受了嚴格的指導。

您說的是，我一一地這麼回答他們，然而不久後，我的心情跌到谷底，先行離開了咖啡廳。幾乎沒睡所寫下的作品，卻被所有人都推理出正確答案，而且還被訓了一頓，要我情緒不低落，根本是不可能的。

不要笑我說只是「猜犯人」而已——不，的確「只是『猜犯人』」，所以也是可以笑的。

總之——

就這樣，我永生難忘的痛苦的一天結束了。

那天晚上，照理說睡眠不足的我，卻怎樣也睡不著。好不容易進入淺眠後，應該只是歌名的YZ的曲子——〈渾身是血的殭屍的秘密祈禱〉、〈麥克·邁爾斯，笑一個！〉，加上實際存在的《深夜止步》、《失嬰記》的主題曲亂七八糟地混在一起，開始以巨大聲量在我腦中播放，然後還不知為什麼混入了參加例會的十二人宛如惡魔的狂笑聲……

我再也不要……

我反覆著淺眠和醒來，鬱悶地不斷翻身——

我再也不要……寫什麼猜犯人的小說了！這輩子再也不寫了！——我在心中如此堅定地起誓。

——完

＊＊＊

我在隔天——八月四號的下午接到了前K談社的U山先生猝逝的通知。他於三日晚上，在自宅的客廳去世。太太K子因為有事離家幾天，四日回家一看，發現U山先生倒在放滿自己喜愛的歌劇CD的櫃子前面。死因還不清楚。

突如其來的死訊，令我陷入極度的驚訝和混亂——

U君的U，也是U山先生的U……嗎？

這個事後諸葛一般的念頭，彷彿一個新的詛咒似地掠過我那依然宛如瀕死甲蟲般的腦海。

我驚愕地拿起昨晚送到，被我隨便扔在桌上的〈洗禮〉的原稿。

——在現在這個時間點，**這個**恐怕有什麼意義吧。

隨著原稿附上的信上那帶有深意的文章。怎麼恭維也難說上好看，似曾相識、充滿稜角的文字寫下的……

——世上的偶然，大概都是這麼回事吧。

「啊……這真的沒辦法啊。」

我仍舊無法切實感受到U山先生已經永遠離開的悲傷現實，然後我翻開了原稿第一頁。

從筆筒中選出一支中細筆尖的紅筆，握住。

然後——

在因為墨水滲出而無法判讀的作者名字■■■■上——用力寫下「綾辻行人」四個字。

蒼白的女人

初次刊登——《讀賣新聞》關西版二〇一〇年八月三十一日

提供給「讀賣讀書蘆屋沙龍」的九張稿紙長的極短篇怪談。刊登時，在作品中登場的編輯名字是「A」，本書裡變更為「秋守」。這麼一來就知道，這篇作品是「我＝綾辻行人」為主述者的「深泥丘」連作系列的番外篇。以時序來說，這篇作品的時間點在《深泥丘奇談，續々》（二〇一六年出版）所收錄的〈沒有減少的謎團〉之前。

那是二〇一〇年夏天，某個夜晚的事情。

我無意間看到了那個女人的臉孔，不自覺地倒抽一口氣。

那是怎麼回事？

那張臉孔異常蒼白。

我慌張地轉移視線，覺得看見了某種不該看見的東西。

「怎麼了？」

坐在桌子對面的秋守，疑惑地歪著頭。

「不，沒什麼……」

我欲言又止，再度偷看了一眼女人的方向。

啊，果然……

我們坐在占據這樓層裡面一半空間的吸菸空間，那個女人獨自坐在前面的禁菸空間的角落。兩者離得很遠，中間又有柱子和屏風之類的障礙物，但是從我的位置看過去，她的上半身剛好出現在我的眼角。

她一直低著頭，動也不動。

她穿著白色襯衫搭配淺紫色的夏季開襟羊毛衫，髮型是褐色的短鮑伯頭。年齡大概是二十四、五歲，長相可以算是美人……在說到這些細節之前，我更在意的是——

她那張蒼白的臉孔。

只消看一眼，就會令人訝異到幾乎要停止呼吸。那張臉簡直是重病患者的臉孔，幾乎沒有任何生氣。

我試著比較其他幾桌客人的臉孔。雖然店內的照明是有些陰暗的黃色，不過她的臉還是異常蒼白，從中浮現了出來。

唉，那到底是什麼？

老實說，這個光景實在太詭異了。

那女人的臉色到底是怎麼回事？

我和某社責編秋守吃完飯後，為了躲避突如其來的大雨，衝進了這間位在地下二樓的店。在這個城市最繁華的街道正中央，靜悄悄掛出的木製招牌令我印象深刻。

誰彼屋咖啡店

已經過了立秋的熱帶夜。和逼近體溫的暑熱，以及黏膩的濕氣不同，店內的冷氣非常強。

一起進來的秋守因為微醺的關係，心情很好，不過聽到店內沒有賣酒，顯得有些失望。不過對不擅飲酒的我來說，實在很感激能在這種咖啡廳休息一下。

我沒有在咖啡裡加糖奶，直接就這麼喝了幾口，然後點起菸，這才終於覺得像個人。

就在這時候，我無意間看見了。獨自坐在禁菸席的那個女人的臉孔。

我和秋守漫無邊際地閒聊的同時，不停思考著，那個女人臉孔為什麼那麼蒼白？

可能性一：她的身體很差，所以臉色才會那麼蒼白。

可能性二：她很健康，只是本來臉色就那麼蒼白。

可能性三：和身體狀況沒有關係，她的妝容就是那麼白。

當我這麼思考的時候，本來完全沒想到的「可能性」掠過我的腦海。

她是幽靈，所以臉色才會那麼蒼白……不，怎麼可能，這太蠢了。

我立刻不滿地否定這個想法。

什麼幽靈，絕對不可能，只有這件事情絕不可能。

雖然我身為作家，有時也會寫恐怖小說，不過老實說，我**完全不信那一套**。各種超能力，外星人交通工具的幽浮，幽靈還是作祟，還有心靈現象之類的……現實生活中絕對沒有那些東西，不應該有，我抱著這樣的價值觀活了幾十年——可是……

即使只有一點點，這時的我還是心生動搖。

難道……那是幽靈？那真的是幽靈？

難道這是我這輩子第一次撞鬼嗎？

我把這些事情放在心裡，去了廁所一下。接著我刻意穿過禁菸席，為了近距離觀察那個女人。

結果事實是——

什麼，原來是這樣嗎？我這麼想的同時，內心鬆了口氣。

坐在角落的她，一直盯著手邊的手機畫面看。也就是說，因為畫面發出的光，才會從遠處一看，她的臉便蒼白地浮現出來。

原來如此——我在心裡自言自語。

當然是這樣吧。

現實生活中當然沒有幽靈這回事，不應該有才對。

儘管只有一點點，對於自己剛剛認真檢討不存在的可能性，感到很丟臉。

「怎麼了？」

回到座位後，秋守這麼問我。他從剛剛就覺得我有點不對勁。

「唉，其實呢……」

我正打算向他說明事情經過時，他「啊」了一聲。

「抱歉，我得打通電話。」

秋守從上衣口袋拿出手機——但是……

「啊，這裡沒有訊號。」

他這麼說完後，闔上手機。

「算了，我等下再打。」

沒有訊號嗎，是嗎？這裡是地下二樓，訊號不好是當然的。

我確認了一下自己的手機，雖然和秋守的電信公司不一樣，不過上頭也顯示「沒有服務」。

我不自覺環視店內。正逢今天是星期五晚上，店內大概坐了七成客人。

我們隔壁桌是幾個年輕人，他們每個人手上都是日漸普及的智慧型手機。這時候我也聽到他們之間傳來「咦，沒有服務啊？」的聲音……

「連得上」或「連不上」，好像不因為電信公司的不同而有所差別。

……那個女人？

我不禁在意起來。

在沒有訊號的店裡角落，她打開手機盯著畫面，究竟在看什麼？在做什麼？

我思考著幾個可能性。

可能性一：她在設定手機。

可能性二：她在重讀已經寄出或是收到的郵件。

可能性三：正在寫打算等一下寄出的郵件。

可能性四：她在使用「沒有服務」的情況下也能使用的功能。像是行程表、記事本、相機、遊戲之類的……

我認為不管哪一個都不無可能。

但是，我就是難以釋懷，狀況就是很不對勁。

我愈來愈在意，最後我又再度偷看她，然而，就在這時候——

店內四處都響起了手機的通知聲——各式各樣的電子音、各式各樣的旋律，還有震動聲。恐怕在這層樓的所有手機全都一起……

秋守的手機也響起通知聲。

我的手機也震動起來。

明明「沒有服務」，為什麼會這樣？

莫名其妙的我拿出自己的手機，打開畫面，上頭是從一個完全沒印象的郵件地址寄來的一封信。

你為什麼沒有發現我？

獨自坐在禁菸席角落的那個蒼白女人，這時候已經消失無蹤了。

不是人

B〇四號房的患者

初次刊登——《梅非斯特》二〇一六年VOL.2

這篇作品原本規劃為原創漫畫的原作。由兒嶋都小姐以〈不是人〉的篇名畫為漫畫，收錄在《綾辻行人推理小說家徹底解剖》（二〇〇二年出版）的mook中，在那之後，我一直在考慮將這個故事寫成小說。然而這個原作是「漫畫才能成立的詭計」為前提所寫，因此產生了小說形式應該如何處理的難題，讓我遲遲無法下筆。一直到了去年（二〇一六年）終於下定決心寫下，結果就是將這篇作品寫成收錄在《怪胎》（一九九六年）的「患者」系列的番外篇的形式。

「首先，請你先看一下這個。」

老醫師這麼說著，從文件夾裡抽出一張畫放在桌上，那是一張A4大小的畫紙，上面是2B鉛筆畫成的畫。

年輕（說是這麼說，但也三十多歲了）醫師看完畫後，「呃」了一聲。他窺看坐在桌子對面的我的臉孔。

「這是你畫的嗎？」

聽到他的問題，我沉默地點點頭。老醫師在一旁說明：

「這是住院後在病房畫的畫。他畫了非常多張同樣內容的畫……這是其中一張。」

「嗯……畫得、真好呢。」

年輕醫師大概受到不小驚嚇，為了隱藏動搖露出了勉強的微笑。我回答他：

「我喜歡畫畫……或者該說，發生**那個案件**時，我正是以漫畫維生。」

「你是漫畫家嗎？」

「助手，當時我經常做兼職的漫畫助手。」

「這樣啊……」

畫上是乍看之下非常異常的光景。

異常……相當殘酷、恐怖的光景。年輕醫師會受到驚嚇也是難怪。

那是——

那是至今始終刻在我的腦海揮之不去，**那個案件**的現場……

年輕醫師皺著眉頭，始終盯著那張畫不放。他怎麼看待這張畫呢——我試著想像。

畫面中央大大畫出來的是一名年輕女性。如果只看她的臉孔，她的五官遠比一般人出色，非常端正……但是——

那名女性在那張畫中的模樣非常淒慘，是這樣的——

背部以難以置信的角度扭向後面，整個身體被誇張扭曲，四肢也不自然地彎曲著。身上的衣服也被撕裂，掛在手腕和大腿根部……她整個身體都被撕碎了。

頭部也跟四肢一樣被撕開，脖子的皮膚只剩下一小部分勉強和身體連在一起……接著是染遍她全身的鮮血。

從全身各處傷口噴出的大量鮮血流過倒在地上的身體周圍。血液形成的水窪，用黑色鉛筆用力塗滿，塗得比畫上其他部分還要深……

「這……」

年輕醫師從畫中抬起頭，再次窺看我。

「這……你為什麼要畫這樣的畫？」

我在內心「咦？」了一聲，問道：

「醫師，您沒聽說嗎？」

「呃，那個……」

「我還沒告訴他。」

老醫師插嘴說。他從以前就是負責我的醫師，名叫大河內。

「我希望他能在一無所知的狀態和你見面。」

「——是嗎？」

「是的。」

大河內深深地低下頭。

「因此，若是可以，我希望能由你來告訴他。」

「我告訴他……**那個案件**嗎？」

「是的。」

大河內再次深深低頭，接著看向年輕醫師。剛剛才由大河內向我介紹的年輕醫師叫夢野，預定接替屆齡退休的大河內，負責我的診療。

「我先告退，接下來就交給你們了。」

老醫師說完起身，走出這間從我入院以來，一直居住的這間精神科病棟的B〇四號房。

＊　＊　＊

「那麼就麻煩你告訴我了。」

夢野醫師端正坐姿，這麼對我說：

「你畫的那張畫，和『那個案件』有什麼關聯呢？」

「不是有『什麼關聯』……」

我回答他：

「這就是『那個案件』。」

「你的意思是？」

「這就是**那個案件**的現場。那天，她——由伊在那個房間裡，那樣……」

「……死了嗎？」

我想他是刻意不講「被殺的」。

我不肯定也不否認地動了一下脖子，然後低下頭長長地嘆了口氣。

唉，又要再說一次嗎？那個我已經說過幾十次、幾百次的**那個案件**……但是，我也只能整天被關在這間病房裡。如果被判斷「狀況不好」，甚至會被長時間綁在病床上，或是書桌、椅子被撤走。就算被認為「狀況良好」，也不會允許我外出，就連收音機也不會給我，讀的書也遭到限制。

既然沒有其他事情可以做，那麼對著新醫師再說一次那件事……也沒有什麼不好，至少可以打發時間。

「請說。」

夢野說道：

「就當成整理你自己的內心想法，盡可能詳細地說。」

我雖然覺得已經耗費夠多心力整理內心想法了，但還是回答：

「我知道了。」

我緩緩抬起頭，開口說：

「這個案件的現場……」

我朝桌上的畫投去視線，開始敘說：

「**那棟房子的這個房間……是密室。**」

＊
＊
＊

1

那個房間是密室。

從室內緊緊鎖上，無法輕易從外部打開的厚重木門。可怕的預感緊緊抓住我，當我們打破那扇門踏入室內之際，比我的預感更加可怕的光景正等著我們。

那是間有十幾帖大小的西式寢室。朝室內正面看去，是一張雙人床。而她就倒在床邊的木頭地板上……

「由伊……」

我發出呻吟般的聲音，然後立刻大喊：

「由伊?!」

我第一眼就知道喊也沒用，她不可能回應我——然而，我就是非得喊出來不可。

她——由伊的樣子慘不忍睹，就像我之後所畫的一樣……

……以難以置信的角度被折彎的背部。被嚴重扭曲的身體。被拉了又扯，幾乎碎裂的四肢，以及和手腳一樣被撕碎的頭部——然後……

染遍她全身的可怕顏色！

在她身邊的地板上蔓延開來，甚至飛濺到牆壁和床上。從她的手腳、頸部以及腹部傷口噴出來的那個是?那是她的鮮血嗎?啊啊，怎麼可能……不、可是……

我不由得停止思考，不得不停止思考。

「這、這、這是?」

和我一起破門而入的讓次，只說了這些就陷入無語。

「哇！」

戰戰兢兢踏入房內的櫻子尖叫出聲，接著質問我：

「那、那是什麼……死了嗎？」

「看就知道了吧。」

我拚命保持冷靜地回答她，根本沒有必要靠近去確認呼吸和脈搏的有無。

「這到底是……太可怕了，到底為什麼會這樣……」

被折彎拉扯的身體，碎裂的四肢和頭部，染遍周遭的可怕顏色，以及——

籠罩室內的臭味。這股臭味和腐臭以及排泄物的味道不同，卻也同樣令人噁心、不快……一切都很不對勁，實在太詭異了。

「為什麼？為什麼會……」

「這個……」

讓次口齒不清地繼續說：

「這個……這不可能！這**根本不是人！不是人的東西……**」

「不是人的東西」……他到底想說什麼？

「她昨天晚上說的是真的。」

櫻子肩膀顫抖著說：

「她說**這裡有不是人的東西**。」

「不是人的、東西……」

我再次發出呻吟一般的聲音：

「或許吧，或許真的就是這樣。」

她——由伊的身體怎麼看就只可能是遭到**非人**的怪力破壞，怎麼想都不可能是意外死亡或是自殺。絕不可能。當然也不可能是病死。這麼一來，她當然**就是被什麼殺死的**，但是……

「……這是密室。」

我看著周遭，拚命冷靜下來，努力試著進行**現實的分析及解釋**。

「這個房間明明是密室。」

沒有任何看似兇器的物品。是**犯人**帶走了嗎？抑或是，犯人沒有使用兇器，而是**徒手**將她的身體撕成那樣嗎？

「窗戶是關上的。」

我指著房內兩扇以上下方式開關的窗戶，不論哪一扇都鎖上不說，還從內部釘上了好幾塊厚重的木板。木板從以前就這麼釘上了，沒有任何拆下木板還是破壞的痕跡。

「還有，這道門……」

這個房間的房門從裡面鎖上了，而且不只一道。除了喇叭鎖之外，還有門門、門鏈等等，高達八個鎖。全部都鎖上了；但是——

剛才我們以斧頭破門而入時，室內除了完全變了個樣子的由伊之外，沒有任何人。

密室——對，這個慘劇的現場完全就是密室。

2

我們四人抵達這裡時是前一天——八月上旬的星期五午後，我們當初的打算是在這棟海邊別墅裡度過有些刺激的週末。

我——山路悟當時二十四歲，是K大學的碩二生，隸屬文學研究科某個研究室的同時，經常會去當兼職的漫畫家助手。我盼望著未來可以當專職的漫畫家，因此念研究所多少也是為了可以延後出社會的時間。

其他三人，一人是我的高中同學鳥井讓次。我們念不同的大學，他順利地四年畢業，目前在IT相關的企業工作。以往的友人中，到這時候，我只和他保持往來。

另外兩人是女性，其中一人是若草櫻子。是讓次今年認識的OL，年紀比他小，兩人目前似乎是「幾乎交往」的關係。

第四人名叫咲谷由伊。她在今年春天進入我所屬的研究室開設的研究生和大學生的共同課程。因為目前是大三，大概是二十歲或是二十一歲吧……

這棟別墅稱為「星月莊」。

是原本的屋主，我的伯父命名的。五年多前伯父去世後，我父親便繼承了這棟別墅。在那之後，在幾乎沒什麼維修管理的情況下，據說這一帶的人都說這棟別墅是「鬼屋」。建築物本身是非常時髦的西洋宅邸風格，但是五年來都放著不管，已經徹底荒廢了。

是讓次提出在這棟星月莊度過夏天週末的想法。

「山路家的那棟別墅，在**某個圈子**裡很有名。」

「某個圈子？」

「靈異地點。」

「嗯，聽說是被叫作『鬼屋』啦……但是有那麼誇張嗎？」

「那裡被網路上的那類網站，搭配照片介紹了。明明是沒有人住的廢屋，到了晚上卻會出現燈光和奇怪的人影之類的。」

「真的假的。」

「有一群人半夜潛入那棟房子試膽，在那之後，聽說其中一人死了，而且死因可疑。」

「對相關人士來說，這真是令人無法高興的傳聞。」

「所以呢……我們自己去親眼確認吧。」

「那裡只是荒廢得很徹底，我不認為會有妖怪還是幽靈出現喔，而且那裡也不是有奇怪**機關**的什麼『館』。」

「可是那裡不是就是有點**怪怪的**嗎，你以前也提過的。」

「嗯……是啦。」

「你爸爸不會答應讓我們去嗎？」

「那倒是不會……」

「好，那就決定了。」

讓次快活地說：

「我想帶認識的女孩子去，可以吧？」

「你打算在別人的別墅約會嗎？」

「她對靈異地點這類東西沒有抵抗力，拜託你啦。」

他講到這個程度，我也無法狠心拒絕，畢竟是老朋友了。

因為我也很久沒去那裡，也有點想去看一下目前的狀況。身為屋主的父親一定馬上擺出漠不關心的表情，說「隨你高興」……

因此我再找了一個人，那人正是咲谷由伊。

她在教室裡是個比常人更認真、更有禮貌的學生。另一方面，比起實際年齡，她的外表顯得稚氣未脫。她散發著一股和眾人喜愛的華美無緣，莫名夢幻的氣質……我們在聚餐上聊了一段時間，交換了電子郵件，之後變得還算有些交情。她似乎也對於我的漫畫家助手副業頗有興趣。

因此，在大學放暑假之前，我下了決心邀請她。
「是恐怖的房子嗎？」
一開始，她顯得有些興致缺缺。
「呃……我有點害怕那種事情。」
不過隨著談話進行，她最後改變想法說：「那就去看看吧。」應該是因為她對我多少有些好感吧。還有就是星月莊的所在地正巧就在她老家的隔壁鎮上，也有所幫助。
不可思議的是，我並沒有想要趁機推進和她的關係的邪念……我無法否認，自己對於春天時認識的她的確感受到某種魅力；然而我自己卻也不能確定這種感覺到底有沒有可能發展成愛情。
我們預計星期五晚上抵達後，住兩個晚上。在步行可抵達的地點有海水浴場，所以可以當成漫長暑假裡的短暫假期。
沒想到……

3

「我的伯父山路和央，一言以蔽之，就是異端的研究者。他年輕的時候，專攻文化人類學，在海外飛來飛去。不過他後來的興趣似乎轉向非常奇怪的領域，在學術界遭到排擠。他一輩子都沒有結婚，晚年幾乎都關在這棟別墅裡，過著隱居生活……」

第一天的晚餐時，我告訴另外三人這些事。我以前曾經告訴讓次大致的狀況，不過第一次聽到這些事情的女性露出了有點困惑的神情。

「伯父晚年最後似乎因為孤獨導致精神出了問題……五年前了結了自己。」

「自殺嗎？」

櫻子一臉訝異地問。

「對，也沒有留下遺書。」

我皺起眉頭回答她。

「精神出了問題嗎？」

「這並不是出自醫師的診斷，而是綜合之後所了解的事情，只能這麼認為了……」

雖然這麼說，但我其實不太記得伯父的臉孔，因為他幾乎不和親戚往來。我只隱約記得小時候曾經和他玩過——

「我聽說伯父開始把自己關在這裡之後，總是露出在害怕、恐懼著什麼的樣子。害怕的程度非常誇張……幾近病態，所以現在這個家才會是這樣子。」

「這樣子？」

「你們一定察覺了吧。」

我這麼說著，視線從櫻子轉向讓次，再轉向由伊。

「房間的窗戶……」

戰戰兢兢地回答我的問題的是由伊。

「全都封住了呢。」

「對。」

我點點頭。我望向我們此刻所在的餐廳兼客廳面向海邊的牆上的那排窗戶，每扇窗戶都由室內釘上了好幾片木板。

「這些都是那位伯父生前釘的？」

由伊這麼問我。

「沒錯。這裡基本上維持著伯父死後的樣子，沒有動過。」

我稍微加強口吻說：

「不光這裡，家中的每扇窗戶都封住了。而且無論是書房還是臥室……不管哪個房間的門上至少都上了三道鎖，只要從裡頭鎖上就可以把自己關在裡面。玄關門也是如此，對吧。」

「他是認為會有人上門攻擊他嗎？」

讓次這麼說。

「與其說是有人，不如說是**有東西**。」

我刻意嚇唬他。

從開始吃飯時，我們就牛飲著帶來的酒類，到這個時候已經醉得差不多了。也是因為如此，必須承認我這時候說的話不只有點誇張，還帶著一些創作成分。

「雖然沒有遺書，但是從伯父留下的日記和研究筆記看來，伯父似乎很認真地相信，並且害怕著……該怎麼說呢，**某種不屬於這個世上的東西**的存在。」

「不屬於這個世上的東西……」

讓次皺起眉頭，一旁的櫻子見狀，看似興奮地提高聲音說：

「是幽靈之類的嗎？果然這棟房子會鬧鬼呢。」

「不，那可不見得。」

我再次故意嚇唬他們。

「如果對手是幽靈，就算封住窗戶或是裝上很多道鎖，也沒有意義吧？」

「可是……」

「我可以確定的是伯父害怕的東西並不是幽靈那一類的。」

我說完，搖了搖頭。

「雖然說是不屬於這個世界……但絕對不是幽靈，而是不知道真面目為何，有著實體的**什麼**。他真的非常擔心那個什麼會攻擊他，所以才將自己關在這棟房子裡。」

「攻擊……」

「他剛蓋好這棟別墅時，應該是有著要在這棟海邊的房子欣賞星星與月亮的打算，才會將這裡取名為『星月莊』。他還在二樓蓋了那個稱為賞月台的寬敞陽台。然而，他卻在某個時間封住了去到那裡的門。」

「嗯，感覺確實在精神上出了問題。」

讓次撫摸著下巴說：

「——那麼，他終於在五年前選擇了自殺嗎？我記得你說過他是在二樓書房上吊的？」

「他是拿匕首割了自己的喉嚨，而且還將書房門上的五道鎖都鎖上了。」

「嗯，這樣的話，**出現**在這個家裡的果然還是那位伯父的幽靈嗎？他今晚會出現嗎？」

「討厭，好恐——怖喔。」

櫻子又興奮地繞著讓次的手腕。雖然是我刻意煽動了氣氛，不過還是難免不愉快地咳了一聲。

4

從傍晚開始，外頭就開始下雨。隨著時間經過，雨勢愈來愈強。風勢也變大，幾乎是暴風雨了……不過多虧如此，暑熱也緩和不少，室溫甚至下降到不需要開冷氣。

就在這時候——

「我覺得……有點討厭。」

由伊忽然如此低語：

「這裡……這棟房子……」

我仔細一看，她緊盯著四人餐桌中央一點，緊緊抿著雙唇。原來就沒什麼血色的臉孔變得近乎慘白。

「我……我想回家。」

她這天晚上在我們的勸酒下，也喝了不少。我猜想可能不勝酒力，更加深了她的這個想法。

「由伊。」

我慌張地說：

「怎麼突然這麼說？」

「我感覺不舒服，覺得很……恐怖。」

她看著自己的膝蓋，完全不看我們，表情顯得非常緊繃。看起來十分緊張，甚至像是在害怕著什麼似的。

「咦？」

讓次聳了聳肩膀。

「她真的很害怕幽靈呢。」

「妳害怕幽靈嗎？」

櫻子這麼問她，然而由伊只是一逕低著頭，什麼也不說。過了一陣子——

「有不是人的東西。」

她緩緩抬起頭，聲音顫抖著對我們如此訴說。

「什麼意思？」

讓次側首不解地問。

「在這裡……在這裡面。」

由伊說：

「有不是人的東西——我知道。」

雖然喝了酒，但是由伊臉上愈來愈沒有血色，愈來愈蒼白。圓睜的雙眼失去了焦點，彷彿……彷彿被什麼附身一般。

「妳沒事吧？」

櫻子湊近由伊，說：

「咲谷小姐，妳該不會是那種『有點特別的』吧？」

聽到櫻子半開玩笑的這句話，我也在內心默默同意。

從今年春天認識她之後，我確實也覺得她身上帶著那種特質。雖然和「有點特別的」那種有些不同……硬要說的話，就是所謂的「通靈少女」。她並不會高聲主張「我**看得到**」——至少至今為止，我沒有聽過——然而，我卻隱約有點感覺。

有時會脫離「現實」盯著不存在的東西看的奇妙舉止。她基本上給人一種稚氣夢幻少女的印象……然而，有時卻會露出令人感到恐懼的妖異的一面。在課堂上的發言偶爾也會顯露出讓周遭感到驚異的銳利直覺……我想她對我的吸引力也包含著這些部分，但是——

我第一次看到像這時候……如此危險的由伊。

「『不是人的東西』是什麼呢，是什麼樣的存在呢？」

我口氣婉轉地這麼問，由伊再次低下頭去，回答：

「我不知道——真的，我不知道。」

「是幽靈嗎？」

「——不是。」

「那麼到底是什麼？」

「——我不知道。」

由伊依然低著頭，緩緩地搖了搖，接著說：「但是——」

「但是真的有。」

「就算妳這麼說……」

讓次聳聳肩：

「就算妳突然這麼說，也不能怎麼樣啊。」

「真的有，真的……」

由伊聲音顫抖著：

「……真的有，我感覺得到。」

「妳的意思是這棟房子裡有那東西？」

聽到讓次這麼問，由伊立刻說：

「在這裡面。」

她喃喃自語地稍微抬起頭說：

「在這裡面……說不定是在我們的裡面。」

「什麼？」

「等一下。」

櫻子說。和由伊完全相反，因為酒精滿臉通紅的她，一隻手撐著臉頰問：

「怎樣？妳是要說我們之中的某人，實際上是妳剛剛說的『不是人的東西』……然後偽裝成人類嗎？」

「不……我也不知道，可是……」

「那妳在鬼扯什麼？」

櫻子的反應非常冷漠。

明明剛剛聽到那些老套的幽靈的事情時，還那麼開心──

「由伊，我問妳。」

我不打算全盤否定，也無法嘲弄她，我試著問她：

「那個『不是人的東西』，具體而言究竟是什麼？應該不是……幽靈，對吧？那麼是什麼呢，妖怪還是外星人之類的？」

「那是……」

由伊說到一半，雙手抵住蒼白的額頭，就在這時候——

像是要蓋過外頭的風雨聲，忽然雷聲轟然大作。或許因為如此，這一瞬間房間陷入一片漆黑，下個瞬間便重回光明……

「……怪物。」

從由伊的嘴裡吐出了這兩個字。

不知何時，她的雙手已經放在桌子邊緣，上半身前後搖動著，一頭黑色長髮也配合她的動作搖晃。她雙眼緊閉，彷彿她自身的意志已經消失，臉上表情一片虛無……

「怪物？」

我反問她：

「那是什麼？」

「怪物……從很久以前就存在，不是人的東西。」

由伊雙眼緊閉，表情虛無，以毫無抑揚頓挫的聲音這麼回答。這是所謂的入神狀態嗎？

雷聲再度響起，房裡的燈光瞬間再次消失。櫻子小聲地尖叫出聲。

「什麼樣的怪物？」

我繼續問她：

「是像吸血鬼還是狼人之類的嗎？」

「它沒有……名字。」

由伊的動作和音色就像我曾經在電影之類的地方看過的某個靈媒，她繼續回答：

「因為……沒有人知道。誰都不知道……**它**……從很久以前，就一直……」

啊，這麼說來……

在伯父留下來的筆記中，似乎有類似的記載……不，還是我記錯了？

「……混在人群之中，沒有任何人發現。但是只要**它**現身，就會……」

「就會……就會怎樣？」

當我這麼問時，雷聲第三次響起，這次燈光消失的時間比前兩次都長。伴隨著黑暗，由伊也陷入沉默。

5

尷尬的沉默持續了一分鐘以上。

由伊雙肘撐在桌上，頭深深垂下，動也不動，就像電池沒電一樣。

「那個……我……」

沉默了一陣子的讓次，像是下定某種決心似地開了口：

「我……我聽過類似的事情。」

「什麼？」

「我有聽說過，應該說是在偶然發現的網站上看過，嗯，內容有點像的文章……」

「網站？該不會由伊也看過那篇文章吧？」

我這麼問，但是由伊依舊低著頭，沒有回答我。我擔心她仍舊昏迷，不過看起來並非如此。她的頭部並沒有碰到桌子，肩膀也配合呼吸地上下起伏。

讓次瞄著她，繼續說道：

「根據那篇文章的說法……」

就像由伊在方才的入神狀態（？）所說的——

那是從很久以前就混在人類之中的**東西**。

隱藏在名為人類的生物內部，不是人類的**東西**。在人類進化的長久歲月之中，從一開始就緊緊貼附在內側存在至今，像是「影子」一樣的**東西**——而從讓次嘴裡說出來，用來稱呼**那東西**的字眼同樣也是「怪物」。

「潛藏在人類之中，像是人類又不像的東西，就只能說是怪物了吧。但是——」

讓次隔了一拍，明明不冷，卻吸了好幾次鼻涕。

「就算那東西潛伏在內部，也有未浮上表面，而是以普通的人類樣貌生活著，就連本人也沒有察覺到，就這麼死亡的狀況據說也不少。不過，也有在中途『覺醒』的例子……若是如此，那麼事情就無可挽回了。」

「無可挽回是什麼意思？」

「一旦從人類的狀態急速變化為怪物的話，會變得很兇暴……」

「兇暴？」

「襲擊人類，加以殺害後……吃掉。」

我不知道他有幾分認真，從他的表情和口吻看不出來。

看來並不全然是玩笑之詞，可是如果全盤接受又太超出常識……不，應該說讓次的話和在現存的小說、漫畫和電影登場的**類似存在**給人的印象太過相似，讓我不禁懷疑起讓次的「認真」。

「該不會……」

讓次依舊一臉認真地說：

「山路的伯父晚年害怕的『什麼』，實際上就是那個。在研究的過程中，察覺到了那個——那些的存在，才會……」

「不是什麼事情都可以聯想在一起吧。」

我自我警惕地這麼說道：

「反正都是網路上一些荒唐的故事罷了。」

「那不是荒唐的故事！」

櫻子這時提高聲調說：

「讓次才不是那種傻瓜。」

「就算妳這麼說……」

「你是什麼意思，你也當我是傻瓜嗎？」

對於她突如其來的漫天怒氣，我有點難以招架。

「我沒那個意思。」

我放軟聲調安撫她：

「雖然無法全盤否定這個世上有著這樣的秘密，但是此刻的我們，並沒有發現能夠證明**那個**確實存在的證據，所以關於真假，我還是持保留看法……」

「還有一件事。」

讓次接著說：

「那個網站還寫了這樣的內容。」

「什麼內容？」

「**那些傢伙**的成長方式。」

「什麼意思？」

「**那些**本來就『不是人的東西』一旦覺醒，就會以和人類截然不同的方式開始『成長』，而所謂的截然不同，便是指『成長』的方式……」

像是要切斷讓次的話一般，此時響起了異常的聲音。

由一直深深低著頭的由伊忽然發出的聲音。

不成話語的聲音，無法判斷是悲鳴或是吶喊，宛如情感——激烈的恐懼情感，到達極限爆發出來的聲音。

「哇啊啊啊啊!!!」

「由伊？」

「咲谷小姐？」

我和櫻子同時起身，衝到由伊身邊。這時候，外面再次響起雷聲，室內的燈光開始閃爍。

「由伊，妳沒事吧？」

即使我將手放在由伊肩膀這麼問。

「咲谷小姐，振作一點。」

櫻子也握著她的手這麼說——

「哇啊啊啊啊……」

由伊仍舊不斷發出異常的聲音。

她拚命搖晃著低垂的頭，身體卻如石頭一般僵硬。看來就像打從心底地害怕著什麼，被恐懼緊緊抓住似的。

「……好恐怖。」

尖叫好不容易終於轉成言語。

「好恐怖……好恐怖。」

「沒事的。」

我對放在她肩上的手施加力道。

「這裡沒有那種怪物，所以沒事的，由伊……」

由伊一瞬間睜大雙眼抬頭看著我，但是隨即用力搖頭大喊：「不要！」

「我受不了了。我討厭這裡，我不要待在這裡。」

「由伊。」

「討厭！討厭！……」

我們三人好不容易才安撫住由伊，將她帶到二樓裡面的寢室，這時已經將近午夜了。那間寢室在門上安裝了最多道鎖，我指著門鎖給她看，心想如果能多少降低她的不安就好了。

「妳看這裡可以上這麼多道鎖，所以沒什麼好擔心的——好嗎？」

我對著膽怯的由伊這麼說：

「萬一真有什麼來的話也很安全的，它沒辦法進來這裡的——所以妳安心地在這裡睡，知道嗎？」

過了三十分鐘後，我們三人也各自去休息了。

我將剩下的兩間寢室讓給讓次和櫻子，自己則睡在客廳的沙發——

到了早上由伊應該也已經冷靜下來，就連前一天晚上的騷動都忘記了吧，我這麼想，不，應該是逼自己這麼想，好不容易才進入夢鄉。

沒想到……

6

當我醒來時，天還沒亮。我看了一眼手錶，確認這時候還是早上四點半。

就在這時候，我聽到淒厲的尖叫聲。

我直覺認為那是從二樓傳來的，是從二樓那間寢室傳出的由伊的尖叫聲。

那並非單純被噩夢侵擾的呻吟聲，而是非常淒厲，宛如徘徊在生死邊緣的慘叫……

我從沙發跳起來，跑上二樓。我衝到由伊所在的寢室門前，用力敲門呼喊著她。這時候，叫聲已經停了，房內沒有任何回應。我想要開門，卻因為上了鎖，門動也不動。沒多久，讓次和櫻子察覺到騷動，來到我身邊……

不管我們三人怎麼喊，還是沒有任何回應。方才的尖叫聲一定是由伊發出來的，讓次和櫻子都堅持他們沒有發出那種叫聲。於是——

可怕的預感緊緊攫住我們，我們決定從儲藏室拿出斧頭，破門而入，接著便在這間房間發現了前所未見的慘狀。

7

「這是密室。」

我不斷重複這句夢話般的話。

「這個房間明明是密室，可是怎麼會……」

「喂，山路。」

讓次說：

「這裡應該沒有什麼不為人知的密道吧？」

「怎麼會有那種東西。」

「我們進來的時候，沒有其他人吧。」

「沒有。」

「那麼，這個……」

「所以說這是密室，所以有什麼詭計……」

我打斷讓次，試著想要攀住**現實的分析或解釋**，我無法放棄現實的思考。

「一定有什麼詭計……」

「詭計？」

櫻子訝異地歪著頭，我拚命壓抑著就要陷入恐慌的情緒，回答她：

「像是用線從外面將門內的鎖鎖上的詭計，推理小說裡不是常常出現嗎？」

「可是……」

「門上可是有八道鎖喔，全部嗎？」

讓次提出異議；

「我們破門進來的時候，八道鎖可是全都鎖得好好的。在犯下了這麼殘酷的罪行後，再用線一一從外面鎖上全部的鎖嗎？就算真的可以這麼做，又為什麼要特別這麼做？」

大費周章地做這種事情，也沒有任何意義——確實如此，我認為讓次說的沒錯。而且在這個問題之前，更重要的是，犯人究竟是如何侵入這間房間的？

當然沒有任何破門的痕跡，窗戶、牆壁、地板，乃至天花板，所見之處完全沒有異狀。

那麼難道是由伊自己打開門，請了前來拜訪的某人進房嗎？她害怕成那樣——怎麼可能？我不相信。

外面的風雨還沒停止。從木板封住的窗戶另一邊傳來激烈的雨聲，也能聽到大作的風聲。因為距離海邊很近，其中還混雜著低沉的海浪聲……

「……果然就是她說的那樣吧。」

讓次喃喃自語，一旁的櫻子問他：

「什麼意思？」

讓次擦掉額上的汗水，說道：

「就是說某種不是人的東西……怪物，真的存在。」

「怎麼可能……」

「可是……就是這樣啊。」

讓次的視線在我和櫻子的臉上來回，然後停留在已經完全變形的由伊身上——

「如果不是怪物的話，到底誰會做出這麼殘忍……」

櫻子沒說話，不知所措地搖著頭。我聲音嘶啞地吐出「是啊……」

「而且……這個密室……」

讓次繼續說：

「如果不是人類，而是怪物，那麼就不需要使用麻煩的詭計，而能自由出入房間了，不是嗎？」

啊……是嗎？

或許就是如此——我那一片混亂的腦袋這時也這麼想，終於放棄了**現實的分析和解釋**。

比如說……

我窺看著櫻子，腦中浮現出可怕的想像。

如果她——櫻子就是由伊昨晚所說的「不是人的東西」。

如果**那個**有著和人類截然不同的屬性……或許是黏稠的液體型態的生物。櫻子暫時偽裝成人類的型態，然後再變化為黏稠的形狀，從房門和地板之間的微小縫隙侵入室內……

我不禁覺得站在一旁的櫻子的身體隨時都會崩毀，迅速變形，不由得暗自恐懼起來。

又或者是……

我窺看著讓次，腦中同樣浮現出可怕的想像。

如果他──讓次就是由伊昨晚所說的「不是人的東西」。

如果**那個**有著和人類截然不同的屬性……或許是煙霧型態的生物。讓次暫時偽裝成人類的型態，再幻化成煙霧的形狀，同樣從房門和地板之間的縫隙侵入室內……

我不禁覺得站在櫻子身邊的讓次身體隨時都會消失，溶入空氣之中消失，不由得暗自恐懼起來。

先不管實際那東西究竟是何種屬性及形狀，那兩人之間到底哪一個是怪物？在這樣極度異常的狀況下，我是否真的必須認真地懷疑這樣的可能性？──可是，然而……

若是所有可能都要懷疑的話，那麼自然懷疑對象也必須包含**我自己**，不是嗎？

我攤開雙手，凝視著它們，腦中浮現出可怕的想像。

如果說我——有沒有可能我自己，就是由伊所說的「不是人的東西」？可能，還是不可能？

「不是人的東西」就是「怪物」，沒錯，昨晚讓次不是這麼說了嗎？

即使那東西潛伏在體內，據說也有很多從未顯現出來，在當事者未曾察覺的情況下，以一個普通人類的身分死去的狀況。也就是說，在**那個**「覺醒」之前，被那個寄宿在體內的本人也無法察覺自己的真面目，根本無法察覺。這樣的話……

這樣的話，說不定我，這個我已經開始毫無自覺地「怪物化」了。我其實早就從暫時的人類型態幻化成某種特殊型態，為了襲擊由伊而侵入房間，只是我自己不記得罷了。

在凝視著自己的雙手之際，我感覺雙手逐漸失去顏色，變得透明。首先是皮膚變透明，開始能夠透過皮膚看見血管和骨頭，再來是……

…………

……不！

我慌張地閉上雙眼，用力搖搖頭。好好緩過呼吸後，慢慢睜開雙眼一看，雙手還是原來的模樣……當然本來就不可能變成透明。

「……不可能，不可能有那種事。」

我這麼說給自己聽，然後對著讓次和櫻子說：

「聽好了。」

我加強語氣。

「這個世上不可能有那種怪物，不可能。比起那個，更重要的是……」

現在不是討論這種事情的時候，總之首要的實際問題是必須先報案。

「你們的手機呢？」

我問兩人：

「現在帶在身上嗎？」

「手機……我放在房間。」

「我也是。」

我也是。由伊的手機應該在房間裡，不過盡量不要碰觸現場的任何東西比較好，所以——

「不報警不行。不過這裡的市話已經停話了，看要用誰的手機報案……」

我算是找回了幾乎要喪失的現實感受，我對他們這麼說——然而，就在這時候……

8

咻地響起一聲類似鞭子甩過的聲音。怎麼回事，當我這麼想的瞬間——

發生了難以置信的事情。

站在房間正中央的讓次的脖子以上，也就是頭部，突然和身體分離，伴隨著從體內噴出的鮮血，飛向空中。

讓次的頭部掉落地板，朝向旁邊。雙眼驚訝地大大睜開，嘴巴也大張著，然而已經無法從那裡發出聲音了。他本人一定也不知道自己究竟發生了什麼事。

——雖然我親眼目睹這般光景，但是當下卻也只能驚愕地呆立當場，無法立刻理解究竟發生了什麼事情。

櫻子的尖叫聲晚了一拍響起，她一定也無法立刻就理解發生了什麼事，但是她尖叫出聲的同時，恐怕也是反射性地轉身就想逃出房間；然而——

咻的一聲，鞭子甩過的聲音再次響起，這次是櫻子的頭部飛向了空中。和讓次一樣，頭部忽然和身體分開了。

兩人失去頭部的身體，在接下來的幾秒之間，像是壞掉的物品似地癱倒在地。各自的頸部傷口，不停流出大量血液。

我雙手掩住嘴，「噁……」發出了噁心的呻吟聲。我太過震驚，幾乎就要跌坐在地——

是什麼？

這是我在這一瞬間，腦中閃過的想法。

是什麼切斷了他們兩人的頭？

咻的一聲響起的短短剎那，某道黑影掠過我的視野——我這麼覺得。是**某種東西**在我的一眨眼之間襲擊了兩人，轉眼就切斷他們的頭嗎？——只能這麼解釋了，然而究竟是什麼？

是什麼？

是什麼？……

根本無須思考這個問題。

——這個世上不可能有那種怪物，不可能。

我必須否定自己方才說出口的主張。

就在我的眼前，兩人的頭部相繼被以快得看不清的速度切掉了——不可能有人類擁有這種能力，因此，**答案**已經決定了，不是嗎？

「不是人的東西」果然存在。

此刻，此處。

在這個房間裡——然後……

這時我已經察覺到**它**的異樣氣息。氣息……不，或許已經包含著它發出來的「聲音」。

我愣愣地站在讓次和櫻子悽慘的屍體前方，氣息從我的斜後方傳了過來（**這**是……）我抱著覺悟（**這**一定是……）轉過身去。這麼一來，**在我眼前**的果然是——

已經完全變形的由伊。

以難以置信的角度扭曲的背部，歪斜扭曲的身體。被拉扯折斷，幾乎碎裂的四肢。和四肢同樣碎裂的頭部……直到方才，我都認為那是被某種存在殘忍殺害的由伊屍體，而它——

它現在正在動。

雖然在動，但已非原來的人類，而是某種從未看過的**異常存在**。

「這……這……」

我再次以雙手掩住嘴，往後退去。

「到底……到底……」

怎麼看都已經死透的由伊、損壞的肉體，以她扭曲的身體為中心，身體的「表面」到處皸裂，某種漆黑的東西正從「內側」起身——帶著黏膩光滑的質感，逐漸膨脹起來。令人難以直視，和人類完全不同的異形……

雖然穿著名為由伊的人類這件破爛的衣服，但**那東西**已經不是由伊了，顯然就是「不是人的東西」。它的整體樣貌還沒有固定下來，是因為變形過程尚未結束吧。

和本來的四肢不同，它長了很多隻黑色細長、宛如觸手的東西。每一隻都像是有自己的意志般地詭異蠢動著……那是？那個像是觸手的東西是不是剛才以驚人的速度和相當的柔軟往前伸出，就像是銳利的刀刃似地切下了讓次和櫻子的頭？

「啊啊……由伊。」

我一步一步後退，好不容易才擠出聲音。

「妳……妳是……」

在親眼目睹之後，我不得不認同。

昨晚由伊拚命訴說的事情是真的。

——真的有不是人的東西。

——就在這裡……在這裡面。

——在這裡面……說不定就在我們裡面。

由伊的那些話並不是「告發」，或許是無意識的「告白」。不是其他人，而是她自己，就是她所說的「不是人的東西」。

可能來到這棟房子是某種契機。那東西自由伊出生以來，就一直寄宿在她的內部，而就在昨晚，在這裡「覺醒」了。

去世的伯父晚年究竟在恐懼著什麼？那和由伊的「覺醒」到底有沒有關係？——我不知道真相為何，總之由伊「覺醒」了。昨晚的她恐懼的程度近乎異常。那是因為她對於逐漸接近的「覺醒」，雖然無法理解，但預感到了終將到來的事態採取的「行動」嗎？……

——據說**它們**一旦「覺醒」，就會開始和人類截然不同地「成長」。

——所謂的截然不同，指的是「成長」的方式。

……對，昨晚讓次這麼說過。

和人類截然不同的「成長」方式——如果以我能理解的概念來解釋的話，是類似「蛻皮」，或是「蛹化」、「羽化」之類的狀況嗎？

我們在天亮前聽見的由伊激烈的慘叫聲——那是今晚在寢室裡開始「覺醒」的由伊，對於自己身體急速的變化感到驚愕、恐懼……說不定是因為變化帶來的痛苦難以忍受，所發出來的聲音。

啪嘰啪嘰、嘰嘰嘎嘎……伴隨著詭異的聲音，捨棄了已經毀壞的由伊的肉體，此刻——

怪物以「成長」之後的模樣現身了。

那個異形的肉體渾身漆黑，由伊的臉孔（……不可思議的是，完全沒有遭到損傷，卻毫無表情）附著在難以想像的位置。和原來的四肢完全不同，像是觸手的物體，不停長出新的。伴隨著嘶嘶嘶……的聲音，**那東西**整個朝著我的方向移動。

那東西是打算切下我的頭，就像讓次和櫻子那樣嗎？變形成怪物的那東西會變得非常兇暴，襲擊、殺害人類，然後吃下——讓次這麼說。這樣的話……

「……啊啊。」

我已經喪失逃走的力氣，半是覺悟地嘆了口氣。

「……由伊。」

這個房間是密室。沒有人可以從外面侵入後，殺了由伊再出去。因此……

對，從**某個角度來看，這個事件的真相，從一開始就明擺在我們眼前**。

從一開始——

從我們踏進這個房間，目睹這番慘狀開始……對，**我們明明早就察覺到了**，或許也早就預測到了幾分鐘之後的狀況。可是、可是，我們卻……

＊　＊　＊

「這是什麼意思呢？」

夢野醫師以十分認真的表情問我：

「明擺在你們眼前是什麼意思？從踏進房間的時候就察覺到了……又是什麼意思？」

「那是——」

將整件事大致說了一遍的我，疲倦地往後倒在椅背上。

「意思是**因為和那張畫畫的狀況一模一樣**。」

我說著，指著桌上的那張畫。那張大河內醫師帶來，夢野醫師第一次看到的那張鉛筆畫。

「這張畫？」

「是的。」

「可是……你這麼說，我也……」

年輕醫師訝異地看著那張畫。

「雖然沒有畫在上面——」

我回想著當時在那個房間內的光景，說道：

「被砍頭的讓次的脖子所流出來的是鮮紅的血液，櫻子也是，但是那個——」

我再次指向那張畫。

「從由伊體內流出看似她的血液的液體，和讓次他們不一樣。」

「不一樣？」

年輕醫師更驚訝了，他接著看向我。

「你的意思是？」

「就是和**那張畫一模一樣**。」

我斬釘截鐵地說：

「就是和畫上的顏色一模一樣。」

「咦？」

「那不是紅色的血液，你大概很難相信，不過從**她體內流出的液體是漆黑的**。」

「漆黑的血液？」

「對，至少我看來是如此，所以我才會那樣畫。我不是用鉛筆塗成一片漆黑嗎？實際情況就是那樣……不，要比漆黑更黑。」

就算我將那幅畫畫成彩色的，我當然也會選擇黑色來描繪由伊體內流出的「血」，為了盡可能重現那個現場的狀況。

「事情大致上是這樣的。」

我對著再次將視線落在手上那張畫的醫師補充說道：

「一開始我——我們，就應該更加懷疑才是。在看到那漆黑血液的時候，就該更……

我們也懷疑過那並非血液，而是犯人在下手後潑灑的某種黑色顏料之類的。而且由伊的身體狀況，就像是那張畫畫的，根本不可能還活著……」

我們兩人陷入了短暫的沉默。

看似坐立不安的醫師輕輕咳了一聲，接著稍微端正坐姿後，開口說：

「那麼——**在那之後**，你發生了什麼事？『不是人的東西』在殺害了讓次和櫻子後，又襲擊你了嗎？你做了什麼？」

「…………」

「根據讓次的情報，怪物在變形後會變得兇暴，會襲擊、殺害人類後吃下——」

「——是的。」

「可是你並沒有被殺，也沒有被吃，這是為什麼呢？」

「那個嘛……真抱歉。」

我按住額頭，緩緩地搖搖頭。

「我不記得了，我不記得在那之後發生了什麼事。」

「咦？」

「我清楚記得的只到剛剛說的部分。在那之後發生什麼事，我完全……」

因為這是至今為止反覆說過上百次的事情。

「在我的記憶裡，那是一段怎麼樣也想不起來的空白……因此，我也不知道，到底在那之後發生了什麼事。」

我無法確定眼前的醫師有多相信我這番話，不過他並未追問，只是回應我：

「這樣啊。講了這麼久，辛苦了。」

醫師又接著說：

「你沒有覺得不舒服嗎？」

「我很好。」

「那麼今天就到這裡為止——不光是案件的事情，今後也還會向你請教許多事。」

＊　＊　＊

「夢野醫師，情況如何？」

「他告訴我那個案件。」

「星月莊的案件，對吧。」

「是的，他非常鉅細靡遺地告訴我了……大河內醫師？」

「是？」

「那是……我的意思是，那是真實案件嗎？」

「是真實案件。發生在這個世紀初，距今已經差不多十年了。」

「是嗎……這樣啊。」

「當時二十四歲的他，現在也三十好幾了，剛好和你同年呢。」

「可是他看起來很年輕……真是不可思議，長期住院之後，外表通常都會比實際年齡老很多。」

「從我的角度看來，你們兩人可是同樣年輕喔。」

「——這……」

「這個先不提。關於他的話，大部分都是真的。八月某日去到稱為星月莊的海邊別墅，隔天天亮前在屋內發生了案件——可是，警方是在幾天之後才去到現場的。並不是接到報案，而是因為發生了火災。」

「火災？」

「對，房子幾乎燒得精光。警方推測起火點是二樓寢室。」

「二樓寢室……那個案件的現場？」

「是的。某人在室內灑滿汽油後點火，也就是縱火。至於縱火犯是誰，從現場狀況看來，就是他了。」

「也就是說，現場……」

「完全燒光了。因此到底那個現場，是否如他而言是個密室，也不可能確認了。」

「那麼發生火災的時候，他在哪裡？」

「他逃到屋外，警方發現他昏倒在外面的庭院。因為當時他也受傷，所以緊急送到醫院，在那之後便以嫌疑犯的身分遭到逮捕。」

「嫌疑犯……因為縱火嗎？」

「還有殺人。」

「啊……」

「因為從火災現場中發現了屍體。據說因為火災的關係，屍體嚴重損毀，為了確認身分花了很大功夫。燒毀的寢室，也就是殺人現場的鑑定當然也就沒辦法進行……」

「發現了幾具屍體呢？」

「兩具。」

「兩具嗎？」

「兩具屍體的頭部都被砍下，警方推斷這是直接的死因。一具是男性，一具是女性，警方確認這兩具屍體的確是他所說的，男性是鳥井讓次，女性是若草櫻子。」

「兩具屍體上……是否有看似遭到啃食的痕跡？」
「損毀程度太嚴重，無法得知。」
「那個叫由伊的學生呢，不在現場嗎？」
「咲谷由伊，對吧。是的，那名女性不在現場。」
「他說她變成怪物殺了另外兩人……」
「他一直都是這麼說的，不過當然沒有人相信他的話——你……該不會相信他吧？」
「不、不是的……怎麼可能？」
「案件發生後，在緊急送去的醫院醒來的他，對於警方的訊問始終如此主張。雖然警方不相信怪物的事情，不過名叫由伊的學生的行蹤確實是個問題，當然也進行了調查。但是……」
「沒有找到她嗎？」
「不是這樣。他所說的大學共通課程的學生名單上根本就沒有咲谷由伊這個名字。不管是整個學部，乃至於整所大學，都沒有叫這個名字的女學生。」
「……」

「警方也問過老師和其他學生，每個人都說不知道。不僅如此，案件發生後，整所大學也沒有學生失蹤。」

「——所以是一開始就沒有咲谷由伊這個人嗎？」

「是的。不過據說他跟父親提出要去別墅的要求時，是說要和朋友總共四人一同前往。」

「手機郵件之類的也沒有任何蛛絲馬跡嗎？」

「他的手機因為火災損壞，無法調查。至於電信公司的通話紀錄或是電腦裡的郵件往來，我就不清楚了。」

「咲谷由伊並不存在。那麼關於她的一切，就全是他編造出來的——應該說是他的精神產生的妄想。」

「只能這麼判斷了。」

「——原來如此。」

「因此，警方認為他是兩件殺人案以及縱火案的嫌疑犯，決定逮捕他；然而結果是不起訴。除了沒有發現任何物理證據之外，還有他的精神狀態也是問題……也有傳聞說，他父親去疏通了警檢雙方。他的父親在那方面是相當有力的人物。」

「——這樣啊。」

「他剛住進這裡時，狀況非常糟糕。經常陷入錯亂，粗暴大鬧，嘴裡不停說著意義不明的話語……不過在過了兩、三年後也逐漸穩定下來，到了現在已經可以像個普通人和人談話了。他目前的狀況是不會忽然瘋狂大鬧，企圖傷害周圍的人。不過關於那個案件，特別是『不是人的東西』有關的妄想已經完全固定下來，無法改變了……」

＊＊＊

「不過關於剛剛的病房，B〇四號房……」

「你是第一次去地下那一區嗎？」

「是的，其實我一直到今天才知道地下樓層有那種病房。」

「那裡……稱為『特別病棟』或是『秘密病棟』，幾乎沒有對外公開。將無法住在普通病房的危險病患，**監禁**於那個區域嚴格管理……這種事情如果洩漏出去，會引起很大的風波。你也絕對不能洩漏這件事。」

「啊，是。不過他是那麼危險的患者嗎？您剛才也說了，他的狀況已經很穩定，不會再胡亂鬧事了。那麼，應該也沒有將他監禁在地下樓層病房的必要吧？」

「你這問題問得好。不過真要說的話，他被移到那個區域是在他來到這裡的三年之後……是已經穩定下來**之後**的處置。」

「——為什麼要這麼做？」

「應該……是**上面的決定**吧。」

「上面？」

「唉，這些事情你就不要在意了。」

* * *

「這份工作做久了，偶爾會搞不清楚一些事。在診間或是病房面對面的醫師和患者。我是醫師，對方是患者的這種關係，會不會根本是我的妄想？真正的我會

不會其實是自以為是醫師的患者，而對方是配合我說話的醫師呢——這麼一說，就覺得這也是很常見的事情。

「**如何，你是不是也有過同樣的經驗呢？**」

* * *

年輕醫師出去後，我躺在床上愣愣地看著天花板。或許是因為很久沒有告訴別人那件事的詳情了，我的內心不知為何起了波瀾。

按照醫師的要求，我老實地說出自己關於那件事的記憶；不過不是全部。

我在最後說謊了。

至今為止一直重複的謊言。

在看到切下讓次和櫻子的頭，「成長」的由伊轉過身來之後，發生的事——我始終主張「我完全不記得了」，然而這是謊言。其實在那之後，在那個時候……

那東西會變得兇暴，襲擊人類加以殺害……然後吃掉。

讓次前一晚說的話是對的。

「覺醒的」由伊確實隨著「成長」變得兇暴，二話不說便切下了讓次和櫻子的頭顱，接著一點一點地吃了他們的屍體，但是——

對我，**它**並沒有採取相同的行動。

那個時候……

嘶嘶嘶，嘶嘶嘶……**它**發出嘶聲地朝著我的方向前進。我半是放棄，並沒有逃離現場，而是在原地嘆了口氣。

「……由伊。」

彷彿是回應我的低語一般，當時我聽到了出乎意料的聲音。

「……學長。」

我心想怎麼可能，但那確實是由伊的聲音——

「山路……學長。」

我訝異地抬起低垂的視線，聲音來自於逐漸逼近我的那個怪物詭異肉體上的由伊臉孔。

直到方才都還是毫無表情，宛如死去一般緊閉雙眼的臉孔。那對眼睛虛無地睜開對著我。失去血色的雙唇，稍微打開了一下。

「……黑的嗎？」

我聽到她這麼說。

「我的血……是黑的嗎？」

她問我，我姑且回答她：

「是黑的喔。」

「看起來是黑的嗎？」

「嗯……是。」

「這樣的話……」

她以微弱到幾乎聽不見的聲音這麼說完，便不再說話，雙眼也閉上。

不久，一隻宛如觸手的東西伸向不知所措呆立原地的我。啊啊，果然輪到我要被砍頭了嗎？我這次終於確實放棄，用力閉上雙眼，沒想到——

它的動作完全出乎我的意料。

伸向我的**那個**帶著難以形容的不快異臭，緩緩撫摸我的臉頰，接著觸碰我的嘴唇。接著再次緩緩動了起來，冰冷的尖端伸進了我的嘴中……

…………

…………

…………

……這是我昏倒之前最後的記憶。

＊　＊　＊

我躺在床上，將左手食指含在嘴裡，下定決心用力咬下。疼痛令我皺起眉頭，我將手指拿出來，指尖滲出了少許鮮血——

在我看來，鮮血顏色是黑色的。然而我現在知道，只有我會將血色看成黑色——我知道。

我將右手放在胸前，感覺到體內某處有什麼正在**蠢動**著。

啊啊……時間差不多了嗎？

我想起她——由伊的臉孔，這麼問道。

在那之後，經過了漫長的歲月……時間差不多了嗎？這樣的話，我該怎麼做？

不需要著急──不久，我聽到了答案。

無論管理有多麼嚴格，我們隨時都能離開這種病房。只要時機一到，決定這麼做的時候，隨時都可以──是的，對我們來說，這件事輕而易舉。

後記

「綾辻行人」以《殺人十角館》在這世上登場是一九八七年九月的事情，到了今年九月便整整三十年，現在是二十九年又四個月。本書是將在這段期間以我個人名義發表，卻未收入其他書中的中短篇收錄成冊的作品。

五篇作品中，歷史最悠久的作品是九三年發表的〈紅斗篷〉，最新的是二〇一六年發表的〈不是人——B〇四號房的患者〉。不過本書無視作品本身水準或是方向性，而是按照發表順序排列而成。考慮到「未收錄作品集」的性質，我決定這麼做。在各篇作品前面加上簡單的題解，也是基於相同的考量。

將這些作品收錄成冊，重新讀過一遍後，執筆當時自己身處的狀況便自然地在腦中復甦。從這個角度來看，每篇都是記憶深刻的作品，不過其中還是以〇六年執筆的中篇作〈洗禮〉最令我感慨不已。

這篇是我原本已經不打算再寫的《推理大師的惡夢》連作系列的番外篇。

之所以改變「不打算再寫」的想法，寫下這篇的原因是剛好那個時候（二〇〇六年夏天），從我出道之初，就十分照顧我的前講談社傳奇編輯宇山秀雄（＝日出臣）先生忽然過世的關係。雖然已經是十幾年前的事情了，但是當時我的精神上遭到了巨大打擊，因為悲傷和失落感太過強烈，我甚至認真覺得自己或許會就此再也寫不出任何作品。那時正值長篇《Another》剛開始在《野性時代》連載，我當時極有可能會丟下一切，再也不寫……就在這時候，時任《GIALLO》總編輯，光文社的北村一男先生激勵我：「什麼都好，總之請寫一些東西吧。」我放棄原本和他約好要在《GIALLO》發表的短篇小說的構想，臨時寫下的便是這篇〈洗禮〉。

我在編輯本書的過程中，不斷憶起當時的經過和自己的心情。因此，我希望自己不會遺忘寫下這篇作品的最後一句話時的心情。

總之——

在這（被稱為）「新本格三十週年」的重要年分，我很高興能夠出版這本作品集。這是各式各樣的「綾辻行人謎團」的大集合，如果各位讀者能夠覺得**哪裡**很有趣就好了。

最後借這裡，向各界相關人士道謝。

前面提到的北村一男先生自然不用說，同時我也非常感謝各篇作品發表當時的各出版社責任編輯。而為本書出版費盡心力的講談社文藝第三出版部的栗城浩美小姐與小泉直子小姐，以及擔任本書裝幀的鈴木久美小姐，在此特別向三位致上深刻的謝意——謝謝。

綾辻行人

二〇一七年 新春

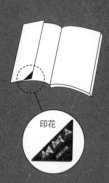

☐集滿4個印花贈品（二款任選其一）：

A：【推理謎】LOGO皮質燙銀典藏書套一個
（黑色，25開本適用，限量1000個）

B：【推理謎】吉祥物『獨角獸』圖案皮質燙金典藏書套一個
（咖啡色，25開本適用，限量1000個）

☐集滿8個印花贈品（二款任選其一）：

C：【推理謎】LOGO皮質燙金證件名片夾一個
（紅色，11.5cm x 8.6cm，限量500個）

D：【推理謎】吉祥物『獨角獸』圖案環保購物袋一個
（米色，不織布材質，41.5cm x 38.6cm，限量1000個）

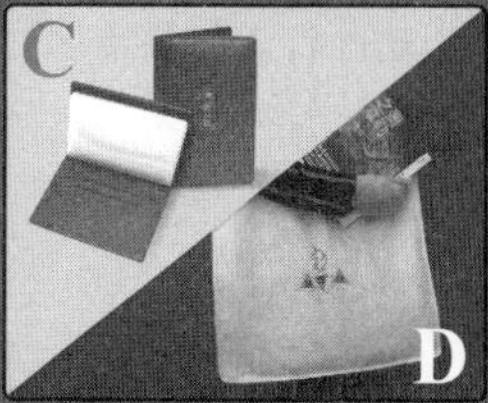

☐集滿12個印花贈品（二款任選其一）：

E：【推理謎】LOGO不鏽鋼繩鑰匙圈一個
（限量500個）

F：【推理謎】吉祥物『獨角獸』圖案馬克杯一個
（白色，320cc容量，限量500個）

謎人俱樂部會不定期推出最新限量贈品提供兌換，
請密切注意活動官網和粉絲專頁。

【注意事項】
◎本活動僅限台灣地區讀者參加。
◎贈品兌換期限自即日起至2019年12月31日止（以郵戳為憑）。
◎贈品圖片僅供參考，所有贈品應以實物為準。
◎所有贈品數量有限，送完為止。如讀者欲兌換的贈品已送完，皇冠文化集團有權直接改換其他贈品，不另徵求同意和通知。贈品存量將定期在【謎人俱樂部】活動官網上公佈，請讀者在兌換前先行查閱或直接致電：（02）27168888分機114、303讀者服務部確認。
◎皇冠文化集團保留修改或取消謎人俱樂部活動辦法的權利。辦法如有更動，將隨時在【謎人俱樂部】活動官網上公佈。

國家圖書館出版品預行編目資料

不是人/ 綾辻行人著；利絃譯. -- 初版. -- 臺北市：
皇冠, 2019.1　面；公分. -- (皇冠叢書；第4737種)
(綾辻行人作品集；23)

譯自：人間じゃない
ISBN 978-957-33-3417-0 (平裝)

861.57　　　　107021244

皇冠叢書第4737種
綾辻行人作品集 23

不是人

人間じゃない

作　　者—綾辻行人
譯　　者—利絃
發 行 人—平雲
出版發行—皇冠文化出版有限公司
台北市敦化北路120巷50號
電話◎02-27168888
郵撥帳號◎15261516號
皇冠出版社(香港)有限公司
香港上環文咸東街50號寶恒商業中心
23樓2301-3室
電話◎2529-1778　傳真◎2527-0904
總 編 輯—龔橞甄
責任主編—許婷婷
責任編輯—蔡維鋼
美術設計—王瓊瑤
著作完成日期—2017年
初版一刷日期—2019年1月

法律顧問—王惠光律師
有著作權・翻印必究
如有破損或裝訂錯誤，請寄回本社更換
讀者服務傳真專線◎02-27150507
電腦編號◎031023
ISBN◎978-957-33-3417-0
Printed in Taiwan
本書定價◎新台幣300元/港幣100元

謎人俱樂部贈品兌換卡

我要選擇以下贈品（須符合印花數量）：☐A ☐B ☐C ☐D ☐E ☐F

1	2	3	4
5	6	7	8
9	10	11	12

【個人資料蒐集、利用及處理同意條款】

您所填寫的個人資料，依個人資料保護法之規定，皇冠文化集團將對您的個人資料予以保密，並採取必要之安全措施以免資料外洩。您對於您的個人資料可隨時查詢、補充、更正，並得要求將您的個人資料刪除或停止使用。

本人同意皇冠文化集團得使用以下本人之個人資料建立該集團旗下各事業單位之讀者資料庫，做為寄送出版或活動相關資訊、相關廣告，以及與本人連繫之用。本人並同意皇冠文化集團可依據本人之個人資料做成讀者統計資料，在不涉及揭露本人之個人資料下，皇冠文化集團可就該統計資料進行合法地使用以及公布。

☐同意　☐不同意

我的基本資料

姓名：＿＿＿＿＿＿＿＿

出生：＿＿＿＿ 年＿＿＿＿ 月＿＿＿＿ 日　性別：☐男 ☐女

職業：☐學生 ☐軍公教 ☐工 ☐商 ☐服務業

☐家管 ☐自由業 ☐其他＿＿＿＿＿＿＿＿

地址：☐☐☐☐☐＿＿＿＿＿＿＿＿

電話：（家）＿＿＿＿＿＿＿＿　（公司）＿＿＿＿＿＿＿＿

手機：＿＿＿＿＿＿＿＿

e-mail：＿＿＿＿＿＿＿＿

我對【綾辻行人作品集】的建議：

寄件人：

地址：□□□□□

北區郵政管理局登
記證北台字1648號
免 貼 郵 票
〔限國內讀者使用〕

10547
台北市敦化北路120巷50號
皇冠文化出版有限公司　收